有腦的女人最好命

王迪詩

目錄

妻子的職務

活到一定年紀的男人都懂得
保命之道——沉默。

一位老太太跟我說：「一起在社區中心唱粵曲的師奶來向我篤灰，話見到我老公去滾，有相為證。師奶話，你睇！男人不論老嫩都喜歡後生女呢。」

她讓我看那張合照，只見一個中年美女挽著阿伯的手臂，頭枕在阿伯的肩上，好不親密。

「這是我們的女兒啊！」老太太哭笑不得。

如果這位美女知道自己被誤當父親的情婦，不用生氣，因為你並不孤單。六十歲以上的男人跟年輕女郎站在一起，眾人就懷疑是情婦；他身旁若是站著一個老女人，毫無懸念肯定是老婆。相反，年長的太太跟年輕男孩站在一起，大家都會說「你的兒子一表人才啊」，沒有人會認為二人是戀人，母子戀或包養小鮮肉。

想想看，所謂「老婆」的實際「職務」是什麼？壯年的時候生孩子，老了就陪阿伯睇醫生、給他煮飯、提醒他夠鐘食藥，還有永恆做不完的清潔，簡單來說就是24小時免費私家看護。當女人忙得透不過氣來，壓力爆煲，忙完聖誕忙過年，我卻看見不少阿伯像一尊佛那樣坐著不動，等吃，等待被服侍，未夠鐘吃飯就寫寫書法、玩玩手機，或跟豬朋狗友聯誼一下，何等寫意。

所以，對女人很不公平嗎？凡事不能單看表面。我發現許多老夫婦相處，男人總是被罵的一方。

Okay okay 我知男讀者們會抗議說：無論年輕還是年老，男人都是被罵的一方呀！確實如此，但分別是年輕男人

會駁嘴，年老則不會。駁嘴，下場只會更慘，因此活到一定年紀的男人都懂得保命之道——沉默。十個有九個阿伯都是默默低頭食粥，彷彿耳朵裝了個開關，「啪」的一聲關掉了聽覺，泰然自若地享受形而上的寧靜。吸取了幾十年的教訓，男人變聰明了，終於明白千萬不要跟女人理性分析，重點是女人發洩完還不是繼續給我煮飯？女人都知道男人裝作聽不見，卻無可奈何，老頭子有什麼頭暈身殼，做老婆的還是撲出去照顧得滴水不入。

愛搗蛋的我忽然想到一個「一秒激嬲阿婆」的方法，就是問她：「喂喂，係愛？定係責任呀？」

問完速逃。

終極釣金龜事件

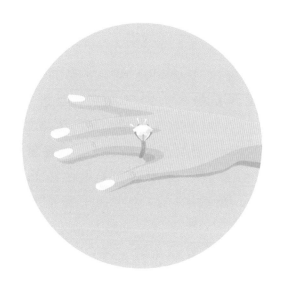

釣金龜的關鍵不是美貌，
而是手段。

我聽過各種各樣釣金龜的方法——空姐去寶雲道跑步扮偶遇富豪，女生穿迷你裙在 ifc 扮跌耳環釣富二代，中環高級髮型屋接待員金睛火眼 mark 實金融才俊……然而相比中國古代的「終極釣金龜事件」都是小兒科，女主角釣到了最大的金龜，結局卻是她始料不及的。

有次漢武帝北巡通河，聽聞有個少女長得傾國傾城，卻患了怪病，兩隻手緊緊握著拳頭，無數大力士試過費盡力氣都打不開。皇帝平日在皇宮悶到抽筋，聽到這般稀奇怪事能不起勁？馬上派人去打開少女的拳頭，根據劇本當然是無人成功，皇帝再也按捺不住好奇心了，急急召見少女，而她一碰到漢武帝的手，拳頭就自然張開了，手裏還握著一支玉鉤，接著當然是台前幕後歡呼「腦細勁呀」！「腦細」心情一好，便大力賞賜了少女，為她建了一座鉤弋宮，封為鉤弋夫人，也稱拳夫人。雖然這橋段比電話騙案還要「膠」，但勝在哄得大爺開心。

鉤戈夫人成功上位，還生了一個聰明伶俐的兒子，漢武帝老來得子非常高興，加上太子劉據死後，皇帝正為選太子而煩惱，鉤戈夫人今次發達啦。然後有天，漢武帝正跟她愉快地聊天，不知為何竟突然變臉發火，鉤戈夫人一頭霧水，根本不知自己做錯什麼，但也顧不了那麼多立即下跪謝罪，豈料皇帝當晚就下詔將她處死了，那時她才二十多歲。

原來武帝有心立鉤戈夫人的兒子為太子，擔心主少母壯，外戚干政，便斬草除根免後患。古代叫「臣妾」，即是伙計，幫老闆打工，只是那叫終身奴隸制，不得辭職，完全不涉及私人感情，更沒有愛情或親情。

獎品愈大，風險愈大。如果鉤戈夫人當初沒有用「握拳怪病」來搭上漢武帝，她就不能飛上枝頭，卻也不會惹來殺身之禍了。

不自私俱樂部

有些女人揀老公會揀自私的男人。

自私才會升職快，賺錢多，踩著別人上位面不改容。

要找一個欣賞「不自私」的女人真那麼困難嗎？是的，大概真的很困難。

有些男生總是交不到女朋友。

韓劇《未生》講打工血淚史，有個肥仔叫金代理，一頭短曲髮，大肚腩，工作非常努力，卻被編在全公司最沒有前途的部門，升職永遠輪不到他。三十出頭，阿媽不斷嘮叨要兒子成家立室，他多次相親，全軍覆沒。見了一次面，女生就直接拒絕他。

「為什麼？我可以減肥呀！」

女孩搖頭。

「我唔靚仔？」

女孩也搖頭。

「那到底是什麼原因？」

「因為你看來不自私。」

金代理呆了。不自私明明是優點，怎麼竟成了拒絕他的理由？女孩說：「我爸就是一個不自私的人，從小我就看著母親因此吃盡苦頭，我不想過我媽那樣的生活。」

的確，金代理心地好，很照顧新人，也因為有情有義而堅持追隨有理想的上司，為此犧牲了在大企業晉升的機會。如果他自私一點就可以在職場上攀得更高，賺多點錢，也可以欺凌新人，推卸責任。朋友有難絕不幫忙，那就不會被連累。但我想來想去，也想不出這樣的男人有什麼值得愛。

如果丈夫把孩子僅有的奶粉錢拿去借給聲稱「做生意」的朋友，或賣掉一家大細住著的房子借錢給聲稱「急需周轉」的「兄弟」，（Well，let's say 借了永遠不還也叫「借」），妻子憤怒也很正常，因為這個男人並不偉大，而是不負責任。但我覺得人（不論男女）如果為了一些信念、為了更多人的幸福而作出犧牲，我會十分尊敬和欣賞，畢竟社會上很多人只會 take，從來不會 give，永遠只想到自己。

世上每件事情都要取捨，如果你想有一個掛著溫暖笑容的丈夫，就得接受他有時會由於為別人設想而少撈到一些好處；如果你想愛一個真誠的人，就得接受他因為拒絕虛偽而在職場上吃點虧。

要找一個欣賞「不自私」的女人真那麼困難嗎？是的，大概真的很困難。那些不自私的男人和女人，都像

披上了哈利波特的隱形斗篷而不自知，因為謙卑善良不搶風頭，總被別人的光芒遮蓋。有天我要搞個「不自私俱樂部」，將碩果僅存的好男人與好女人連繫起來。

但願好人從此不再孤單。

INSIGHT

◆ 男人，你會否為了讓女人願意嫁你而做人自私一點？

◆ 女人，你願意參加「不自私俱樂部」嗎？

解夢

那時我確信一件事
只要牽涉到別人,
就算我的精神強大,
意志堅毅,又如何?
即便出盡全力也只能把自己
的份做到最好,
卻避不了遭別人拖累的命運。

人生中曾有一次認真解夢的經驗。

我二十幾歲時遇到一劫，當時困在一個死局裏惶恐終日。我從小就是個很有自信的人，那場災難卻完全超出我的控制，突然覺得自己好廢。

一位英國修女問我：「要不要試試解夢？」

我當然知道解夢屬於心理學，但從小聽到祖母多次透過夢境預知未來，祖母甚至自行解夢而中過兩次 3T（詳情我都寫在《鬼故》這本書裏）。我不認為解夢可以讓我中六合彩，然而我也一直把「夢」歸入超自然力量那一門。

如果想用解夢來預測前程，應該找算命師傅而不是修女吧，但當時我並沒有算命的心情。那心理學解夢幫到我嗎？說實話我完全不抱任何期望。那時我確信一件事只要牽涉到別人，就算我的精神強大，意志堅毅，又如何？即使出盡全力也只能把自己的份做到最好，卻避不了遭別人拖累的命運。

那位曾接受心理學訓練的修女再三勸我嘗試解夢。我想反正我已是死路一條，我這輩子已經完了，那就死馬當活馬醫吧。我憶述一次夢境：

我看見自己獨自在斗室裏，出奇地真實的夢，毛孔簡直可以感受到潮濕天氣在皮膚留下的觸感，那讓我神經緊張，連空氣裏都飄浮著危險的訊號。

「那你打算怎樣做？」修女問。

「想逃。」

「那為何不逃？」

「因為只要盯著那道門就覺得恐怖，我能感覺到一打開門我就會有危險。」

「那屋內有什麼物品？」

「一張檯和一張凳。」

「檯上有放著什麼東西嗎？」

我一怔，之前完全沒有注意，我根本不想回憶這個夢，但如今修女這樣問，我開始認真回想夢中那張檯，然後我竟然看見檯上放著兩件東西——一支筆和一條鎖匙。

相當明顯吧。其實我有鎖匙可以自己開門出去，但一直覺得開門會有危險，竟連「檯上放著鎖匙」這一點都沒注意到。那時我仍未開展寫作事業，但那支筆讓我感到有主導權，我可以寫自己人生的劇本。

花了巨大力氣，我終於幸運地捱過那一關。多年後我依然記得那支筆和鎖匙，原來我們可以控制的，遠比我們想像中多。

女同學

港女對「人生勝利組」的定義
是嫁入豪門，但很多女人誤會了——
你老公的老竇有錢不等於你老公有錢；
老公有錢不等於他願意花錢在老婆身上
（有錢的男人通常更願意花錢在不是自己
老婆的女人身上）。

「你有沒有留意 K 在 Facebook 貼了大量旅行照，卻全都只拍她一個人？」舊同學跟我分享秘聞。

「So ？」我呷一口咖啡反問。

「你不覺得奇怪嗎！去了那麼多次旅行，怎可能連一張合照也沒有？半張也有吧？」

「所以呢？」

「所以，我們認為她一定是小三！」

我佩服得五體投地，好一群女版福爾摩斯。這些年來我聽過不同學校、各式各樣的女生 gossip，例如：「A 的老公賺錢比她還少！」「賺錢少已算不錯了，起碼肯返工，B 的老公乾脆不上班，食軟飯！」「C 嫁了一個比她年輕十年的小鮮肉，肯定呃錢啦。」「D 去歐洲買精子生混血兒！聽講佢老公不舉……」「E 結第三次婚，我們當真還要做人情嗎？」「你最近有沒有見過 F 的老公？嘩！肚腩大到不用擔心社交距離！想走近他都被肚腩擋住……」「G 個女都幼稚園畢業了，聽說那孩子連用英文問路都不會！」「我以為 H 一家四口住的那層樓是買的，最近才知原來只是租的。也難怪，她老公這年紀居然還未升做 MD，買鬼得起樓咩。」

男同學之間會比較誰賺錢多，女同學卻比較誰的老公賺錢更多。女人很少會羨慕另一個女人本事（反而會同情她那麼能幹很辛苦），卻十分羨慕那些嫁到本事老公的女人。港女對「人生勝利組」的定義是嫁入豪門。

很多女人都誤會了，你老公的老竇有錢不等於你老公有錢；老公有錢不等於他願意花錢在老婆身上（有錢的男人通常更願意花錢在不是自己老婆的女人身上）。看，一關又一關，一個又一個米飯班主需要討好，單是聽著都覺得累。人生苦短，討好自己都來不及，何必睇人面色？

當你終於學會
慢慢地愛上一個人

人生總會來到一個階段，
你終會厭倦那些到了最後
總是淚流滿面的結局，
或是互相指責的收場。

年紀輕輕的時候，我是個很容易愛上某某的人。只要
那麼一瞬間，他的一句說話、一個動作、一個神態捉住
了我的心，我就愛上他了。To be exact，是「我以為」
自己愛上他。

中伏多了，就知道那其實不是「愛」，連「喜歡」都
談不上，只是一時衝動。在感情上，衝動帶來災難的
機會率很高。這樣衝動了幾次，轟烈了幾次之後，
生活就變成不斷收拾殘局，我也開始覺得悶。

人生總會來到一個階段，你終會厭倦那些到了最後總是淚流滿面的結局，或是互相指責的收場，不禁懷疑自己是否看得韓劇太多。

後來，我發現若那人要成為你的終身伴侶，他或她首先必須是你最好的朋友。不需要百年一遇宿世姻緣震驚人類，我不想要楊過，我也沒有興趣當小龍女。

那麼，麻煩的女人，你到底想要什麼？

我想跟你好好吃一頓飯。

走了好遠的路，才知道自己真正想要什麼。女人就是要拐幾個彎才會了解自己，重要的是跌要跌得「抵」，青春不枉過。

空間

天地蒼茫，只能孤身上路。

最大的支持是不干涉，不過問，
而是把空間都留給你，
或遞上一根煙。

這真是一個擠迫的年代，擠迫到連想找個地方哭都很難。

曾有一位女讀者來信，她發現丈夫有外遇後深受打擊，半生為家庭盡心盡力，從未為自己想過，卻換來被丈夫嫌棄的下場。她忍住滿腔的憤恨，面對一屋的家人強裝平靜，內心卻快要爆炸。無處可去，唯有跳進一部的士，平日連小巴也捨不得搭，省吃儉用為子女買最好的，今天卻破天荒給了的士司機二百元，請他開車直到費用花光為止。在這用錢買來的私人時光，她哭到決堤，哭到撕心肺裂，這時手機突然響起。

「媽，我好肚餓，你返未？」她光速擦乾眼淚，飛奔回家給兒子和丈夫煮飯。

我想起全度妍和孔劉主演的韓國電影 *A Man and a Woman*。這是一部極優秀的電影，以下含劇透。

最終，女主角在芬蘭親眼目睹早已知道卻無法面對的殘酷現實。她匆匆跳上一部的士，接到一個收不清的電話後再也忍不下去，嚎哭起來。女司機把車停在路邊，走到車外點起了一根煙，將車廂空間全部留給那位淚流滿面的乘客。女司機甚至沒說「你還好嗎」、「別太難過」，而是默默地別過臉去，讓出空間，因為將心比己，沒有人希望自己最落魄的樣子被人看見。

女乘客整理好情緒，踏出車外跟女司機並肩倚車而立，靜靜地看那無邊際的白雪。天地蒼茫，只能孤身上路。最大的支持是不干涉，不過問，而是把空間都留給你，或遞上一根煙。

我喜歡獨處，但我發現很多人不願承認自己需要獨處，因為這聽來好像被排擠的不受歡迎人物。人生已夠艱難，居然還要在乎別人的眼光，拼命在別人眼中活成一個幸福、樂觀、朋友一大堆的人生勝利組，怪不得大部分人都活得那麼累。

奇女子與裙下臣

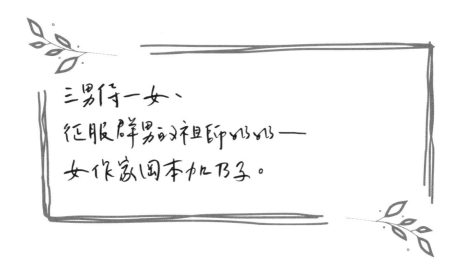

三男侍一女、
征服群男的祖師奶奶──
女作家岡本加乃子。

一個男人有三個老婆或情婦並非新聞，但一個女人同時擁有三位對她死心塌地的美男子，而這「三兄弟」在同一屋簷下情同手足，這個女人就非等閒之輩了。今天要說的就是這位征服群男的祖師奶奶──日本女作家岡本加乃子。

1938年，49歲的加乃子出版了著名小說《老妓抄》，講一個小鮮肉到上了年紀的藝妓家中維修電器，但他的夢想其實是當發明家，老藝妓決定包養他，供食供住還給他做實驗的資金，但這還不及現實的加乃子那麼精彩。

她出身富農之家，嫁給藝術系青年岡本一平就是看中他的美貌。醜男都尚且好色，何況大把女人自動獻身的俊男？一平到處拈花惹草，令加乃子情緒崩潰。不知是因為撞邪、受了刺激還是其他科學無法解釋的原因，這個男人竟突然悔改，立誓從此將自己生命的全部

獻給老婆，就算她喜歡其他男人也會全力支持。加乃子果然不負所望，她想去歐洲遊學兩年，要老公出錢供五人同遊，夫婦倆和兒子再加兩名小鮮肉——幫加乃子割痔瘡的靚仔醫生和慶應大學歷史學講師。歎為觀止吧？想想看，去醫院割痔瘡，見到醫生幾靚仔，就說：「我包養你吧。」醫生答：「好呀。」我從來不知原來人生可以這麼簡單。

自此，這三個男人兄弟同心侍候女神。你一定很好奇這位女子長相如何吧？有人說她非常美麗，也有人說她奇醜無比，肥胖的身軀配短髮和鮮艷口紅（我知讀著這篇文章的你正準備 google 女神的玉照，快去快去！）。

加乃子渴望成為小說家，丈夫就盡心盡力當她的文學經紀人，醫生則幫她做阿四和謄稿，成就了她的夢想。後來歷史學講師想跟其他女人結婚，加乃子一怒之下將他趕出家門。三星伴月缺了一顆星讓加乃子很不爽，便跟一個大學生模樣的男孩私奔去了，結果她在旅館中風身亡，享年五十歲。丈夫和醫生親手挖坑讓她入土為安，在墓上鋪滿紅玫瑰。對於這位有心有力的女作家，我只能說請受小妹一拜！

開千古
私奔之奇局

女人有才又有財，何愁寂寞？
卓文君一生最精彩的
是開千古私奔之奇局，
若然再成撇渣男之先河，
就無敵了。

有勇氣去追夢的女人很有吸引力。今天如是，二千年前如是。

古代女人要主宰自己的命運比我們今天困難得多。西漢才女卓文君又靚又叻，精通音律，彈得一手好琴，《西京雜記》形容她：「眉色如望遠山，臉際常若芙蓉，肌膚柔滑如脂」。她是四川富商的女兒，16 歲嫁人，19歲喪夫，之後回娘家寡居。

司馬相如是當時有名的才子。他有口吃，琴卻彈得非常好。在一場宴會上，文君躲在屏風後偷看才子彈琴，相如亦早已眈中美女，彈奏了一曲《鳳求凰》，還重金收買了卓文君的貼身丫鬟，讓她傳訊。文君get 到，立即 action，當晚偷走去驛站找司馬相如，二人逃到百里之外的成都。

晚清文學家王闓運認為這場私奔是「史公欲為古今女子開一奇局」。本來古代少女守寡，一生就此完蛋，卓文君卻不認命，豪賭一鋪，追尋愛情。

文君雖然是富家女，但私奔惹怒了父親，從此唯有食自己。為了糊口，才女賣酒，才子洗碗，直至文君的有錢老竇覺得太丟臉，寧願付錢養活女兒和女婿，二人又富泰起來，生下女兒起名司馬琴心，因為生於正月初一，皇后賜名元春，一家三口看來多麼幸福美滿……

Hey，等等，我 Daisy 身為一個除味高手，當然要指出童話的重點不在 happy ending，而在 happy ending 之後。司馬相如有「賦聖」之譽，並非浪得虛名。他創作的《子虛賦》獲漢武帝大讚，名氣漸大，升官發財。男人有名有錢就開始身痕，想納妾，還想休妻。當初一見鍾情，愛到不顧一切私奔，老婆甘願一齊捱，後來全靠外父接濟，待自己上了位還不是嫌棄髮妻？傳說相如曾經寫過一封信暗示想休妻，要卓文君立即回信，信上寫著「一二三四五六七八九十百千萬」，獨欠「億」，即老公對你無「憶」，又傳說卓文君回了一首《數字詩》洩憤，但經後人考證並非她所作的。

年代太久遠了，細節已無記載。一位於 19 歲果斷私奔、追尋愛情的女性，中年當了官太太後是否已完全變成另一個人？她會以怎樣的心態去面對已經變成另一個人的丈夫？如果是我，收到那封「一二三四……千萬」，就會回信兩個字——無益。你對我「無憶」，我跟一個反骨的男人做夫妻更是無益。

女人有才又有財，何愁寂寞？卓文君一生最精彩的是開千古私奔之奇局，若然再成撇渣男之先河，就無敵了。

為何中年人看日劇《初戀》會哭崩？

什麼是「遺憾」？

就是明明有得救卻什麼也不做，

眼巴巴看著事情惡化腐爛，

最後想救都已經太遲。

要是當時盡做，

就算結果未如理想也不會遺憾。

對得住自己，對得住所有人。

網上流傳「一秒激嬲老婆」的方法——夫妻倆一起看日劇《First Love 初戀》，老公哭到崩潰，老婆怒吼：「你喊乜！」

收到很多讀者來訊想我談談這部風靡亞洲的日劇。以下含劇透，請自行決定是否看下去。但老實說知道了劇情也無所謂，因為看完第一集已能猜到結局了，就是 TVB 那種最套路的橋段——女主角失憶，記不起初戀情人，二十年後重逢，最後因為聽了中學時代 hit 爆的流行曲 *First Love* 而恢復記憶。

製作人說有次在的士上聽到宇多田光 1999 年的成名作 *First Love*，勾起了對那個時代的懷念，決定開拍同名劇集。劇情老土，卻贏在細節，拍出久違了的日劇質感，女主角滿島光演得出色極了，男主角佐藤健也很好。

為養大兒子，女主角也英做過很多粗活，後來為什麼選擇當的士司機？劇中沒有答案，我想她是希望駕駛著的士接載不同乘客，也許有天能載上被遺忘了卻十分重要的人吧。也英在車禍後知道自己失去了中學時代的記憶，那個年代的明星、流行曲、她曾看過五次的 *Titanic*，這一切記憶都徹底遺失，只剩空白的青春。人生就像拼圖，由許多小塊組成，丟失了最重要的一塊會怎樣呢？從此只能帶著一顆不完整的心勉強生存下去。

現實不是日劇，沒有「美女失憶忘記初戀」這種事。如果講一對初戀情人因際遇而分手，二十年後經歷了人生的甜酸苦辣之後重逢，依然認定是這個人，就像 *First Love* 的 歌 詞：「You're always gonna be the one」，重新戀愛，這樣可能會比因失憶而分開令觀眾更有共鳴吧。沒有車禍，也沒有患上絕症，兩個曾經深愛的人卻在際遇變幻中漸行漸遠，各自忙著為事業打拼，價值觀也不同了，這樣不是比因失憶而分開更唏噓嗎？愛情鬥不過現實。

這部劇之所以風靡亞洲，除了靚人靚景和整代人對宇多田光成名曲 *First Love* 的集體回憶，就是因為劇中所講的「遺憾」擊中人心。回望初戀之所以唏噓，因為對照當年和今日落差極大，少年時聰明漂亮，讀書運動樣樣精，是萬人迷，一切明明那麼完美，怎麼今天竟弄成這樣？站在山巔、無所畏懼的美少年一去不返，半生過後感慨自己一事無成，未來也只是不斷的重複，不敢回望過去那曾發光發熱的自己。「我已經受夠了希望落空的感覺。」女主角說。

不滿現狀、想改變卻又為時已晚的中年人，看這部日劇會很有共鳴。全劇最遺憾的人是恆美，她明知未婚夫心裏另有別人，卻裝作不知，每次未婚夫想詳談她就逃避，繼續埋頭辦婚禮欺騙自己。

什麼是「遺憾」？就是明明有得救卻什麼也不做，眼巴巴看著事情惡化腐爛，最後想救都已經太遲。發現出錯時為何不採取行動改正呢？為什麼要一直錯下去？要是當時盡做，就算結果未如理想也不會遺憾，因為可以做的已經做了，餘下都是超出我的控制範圍。對得住自己，對得住所有人。

現實裏也有很多女版和男版「恆美」，娶了這個女人之後才發現她好難頂，有些男人「改正」的方法是出軌，找小三發洩性慾和平衡心理。人到中年滿心遺憾，早知當初不娶這個女人呀！但老婆是自己揀的，是她變了還是自己不夠眼光？當然一隻手掌拍不響，確實有些女人婚後（尤其在生了孩子後）變成了怪獸，由朝到晚罵印傭、罵老公，我見過一些女人連自己父母都罵，嫌兩老照顧孫兒不周。丈夫在家中的生活雖然苦不堪言，但要是離婚便得承擔「拋妻棄子」的罪名，唯有看看日劇感懷身世。

年少時的初戀罕有能開花結果。有人說愛情講timing，最終跟你結婚的人往往不是你最愛的那個人。這樣也太愚蠢了吧，嫁給「不是最愛的人」，即是嫁個次貨？那結婚來幹麼？單身好過。

女沙皇的
情人選拔制

女人要幸福，
不靠樣貌，不靠父幹，
最不可靠的是丈夫。
女人唯一可以倚靠的
是自己的頭腦。

俄國史上有一位鼎鼎有名的女君主 Catherine the Great，她是繼彼得一世之後，另一位獲封「大帝」的俄國皇帝。

Catherine 原名 Sophie Friederike Auguste von Anhalt-Zerbst，1729 年生於普魯士（Prussia）一個貧窮的貴族家庭，不漂亮卻非常聰明，自小已把世事看透，知道女人一定要食腦，所以瘋狂學習，吸收知識。

Sophie 雖然家貧，卻有一位到處拉關係的阿媽，成功把 16 歲女兒嫁給親戚俄國皇太子彼得三世。彼得是傻仔一名，除了酗酒就是整天忙著玩騎兵遊戲。少女 Sophie 看清局勢，明白即使是皇帝也不能隻手遮天，必須得到人民愛戴才能穩坐皇位，得民心者得天下，所以她努力學習俄語，改信東正教並改名 Catherine，徹頭徹尾成為俄羅斯人，同時在宮廷裏建立自己的人馬。相反，她的丈夫身為俄羅斯國王卻幾乎不會說俄語，他從未忘記自己的普魯士血統，擺明崇尚普魯士文化，還辱罵俄羅斯宗教，人民自然非常憎厭他。

後來 Catherine 抓住機會發動政變，沒有流過一滴血就成功推翻他的丈夫，自立為王。當時 Catherine 年僅33歲，成為叱吒風雲的女沙皇。她改善國家經濟和司法制度，與土耳其交戰，大大擴充了俄羅斯領土，文化上大力支持啟蒙主義，她的個人生活也多姿多彩，傳聞她的情人多達三百人，但據考證實際應該是二十多人（厲害的是能「製造」出三百人的傳聞而有人信！）。

女沙皇日理萬機，哪有這麼多時間招呼情郎？為了提高效率，她想出情人選拔制，先由 ex-boyfriend 給她挑選一批猛男，再由御醫檢查身體，接著由侍女 interview，據說要用「具體」方法檢查候選人的體力，最後當然由「用家」女皇本人親自選定，過到關就可以同大帝共度春宵。這些事情眾人皆知，孫子甚至稱她「戴著皇冠的娼妓」，可是 Catherine 還是被稱為「大帝」，建立了俄國史上最輝煌的黃金時代，有些沙皇倒是連「娼妓」都不如，那就只能乾生氣看著這位女皇帝「我爽！我痛快！」的模樣了。

下棋

兩個處於低潮的人一同下棋，
兩個孤單的人合享了一段沉默，
並沒有做任何事去鼓勵對方。
在那段時間「存在」於彼此
的生命裏，就是最好的禮物。

下棋是不是一件很孤獨的事呢？站在局外的我常會這樣想。

圍棋和國際象棋（Chess，又稱西洋棋）分別流行於東西方，同樣都是二人對弈的戰術棋盤遊戲，大賽的獎金上百萬元，職業棋手的工作就是對戰。那基本上是個非贏即輸的黑白世界，就像黑白兩陣的棋子一樣。

日本史上首位獲得大滿貫的旅日韓國棋士趙治勳曾被記者問到：「為何如此慘烈地對弈呢？只是棋局而已。」他回答：「那也因為是圍棋啊，因為是我的圍棋。」

我們每個人都在跟世界對弈。人生就像圍棋，能不慘烈？

趙治勳生於南韓一個非常富裕的家庭，財產卻被韓戰摧毀。趙治勳這個名字是算命師勸告他父親為兒子改的，說若不改名，這孩子會剋死母親；如果改名，則可成名，但他的弟弟將會去世，這些預言後來都實現了。

天資非凡的趙治勳年僅六歲就被送到日本，在木谷實的圍棋學校學習，從此一生都在比賽，那大概很累吧？再厲害的人都不可能一直贏下去，但今次輸了下次又有可能贏啊。我在書中多次推介的韓劇《未生》用圍棋來比喻職場和人生，劇中有這句對白：「下一步棋怎樣走，很大原因在於它的上一步。如果想理解這步棋為什麼這麼下，就要看上一步怎麼下。如果想知道對方為何反擊，就要知道現在為止下的棋之中哪一步出了問題。」

看看現實世界，每當遇到不快事，不是有很多人只管推諉過人，卻從不用腦想想是什麼原因導致今天的境地嗎？

Netflix 的另一部劇集《后翼棄兵》（*The Queen's Gambit*）則是關於一個天才少女由孤兒一步步成為

國際象棋之王的故事。在最激烈的一場比賽中，她得到其他棋手的支持，原來下棋也不一定孤單。但眾人沒料到對手竟下了意想不到的一步，就算朋友們再盡力去幫，上到戰場也只能靠自己。

我倒是很喜歡韓劇《黑暗榮耀》(*The Glory*) 男女主角下棋那一幕。兩人在沉默中下棋，經歷了春夏秋冬，女主角就消失了，帶著少女時被嚴重欺凌的身心創傷，準備走上艱險的復仇之路。多年後，已成為醫生的男主角重遇這位女子，對她說：「那時我正在人生谷底，與你下棋是唯一能讓我內心平靜的時光，謝謝你。」她不知道的是當年這男孩的父親被一個瘋子謀殺了。

兩個處於低潮的人一同下棋，兩個孤單的人分享了一段沉默，並沒有做任何事去鼓勵對方。在那段時間「存在」於彼此的生命裏，就是最好的禮物。

能共患難的
才是好女人

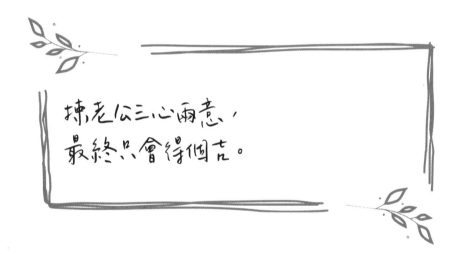

揀老公三心兩意，
最終只會得個吉。

婚姻是一場賭博。就算嫁的是個「筍盤」，怎能肯定對方將來不會變呢？這當然包括變好或變壞，好比投資股票，風險、回報期這些因素都是非常考眼光的。

漢代有位讀書人名叫朱買臣，一貧如洗，靠上山砍柴拿去賣勉強糊口。因為太愛讀書，他就連砍柴的時候也唸個不停，老婆聽不懂，又要捱窮，煩厭到了極點，吵著要離婚。朱買臣心知自己娶了個無知女人，不會明白讀書人的理想，就安撫她說：「你再等十年吧，我五十歲一定會出人頭地！」但妻子不願再跟他一起捱，堅持離婚改嫁了。

朱買臣之後獨自過活，繼續讀書。有年清明上山砍柴，碰巧下雨，他又冷又餓，只能躲進墓裏暫避。這時來了一對掃墓的男女，一看，竟是前妻和她現任的丈夫。朱買臣無地自容，但實在已經窮途末路，便唯有接受前妻分給他一些祭祀過的食物。

幾年後，朱買臣聽說一位太守要到長安，便當運卒跟了去。機會留給有準備的人，他抓住見到漢武帝的機會力陳見解，獲得賞識而分到一個官職，後來又上了一份對付東越之策，皇帝大讚，讓他衣錦還鄉回出身地會稽當太守。鄉民大鑼大鼓夾道歡迎，朱買臣注意到人群裏一個女人正是他的前妻，而前妻現任的丈夫正在太守府當工人。念著墓前的恩情，朱買臣讓前妻和丈夫住在太守府的後花園。前妻看見他的新老婆享盡榮華富貴，後悔死了，竟求前夫要回她。朱買臣叫人把一盆水潑在地上，問道：「你能把水收回盆子裏，我們便可以做回夫妻。」

覆水難收呀。好寸，但說的也是事實。前妻大哭，不久上吊自盡了。

導演李安曾經捱了多年仍無出頭，一度想學電腦轉行搵食，老婆勸他堅持自己喜歡的事，不要放棄夢想。李安後來成為國際頂級導演，除了因為他的才華，更因為他有眼光娶了個好老婆。

股票可升可跌，也難免有「坐艇」的時候，最咬牙切齒就是看著自己剛剛沽了的股票大升。既然決定坐上賭桌，就買定離手，三心兩意最終只會得個吉。

天命

朋友去見一位聲稱擁有
異能的女士，
只需看一個人的背，
連樣子也不用看就能
講出那人的一生。

「人的一切資料，那怕是隱藏在最深處、連自己也未為意的事情和想法，全都記錄在脊骨。」

準嗎？「準到嚇死我！她居然知道我家庭的秘密，也準確地說出我從小到大身邊有怎樣的人，他們如何影響著我。」

每次寫這類事件，總有大量讀者來訊詢問「奇人異士」的聯繫資料，但我自己沒親身試過的不會介紹給讀者，而我也不打算去試，因為能說出我的過去和秘密，對我有什麼幫助呢？對一些有心結，卻連自己也不知心結在哪的人來說，或許能幫助理出一個頭緒，可是我沒有心結。

預測未來比較有建設性吧？我認識好幾個人看過鐵版神數（也有說「神算」）都很準。其中一位某天在報紙看見一則鐵版神算的廣告，就去試試，當時算出來的事情都在往後十年一一應驗了。

「桌上鋪滿一本本書，師傅問我的生辰八字，然後指著某本書，要我翻開第十頁，讀第三行，寫著父屬豬，師傅問我是否正確，若正確就再揭下一本，翻開某頁某行，母屬蛇，若正確又再翻下一本，若不正確就表示這時辰八字不是我的，那就無法繼續進行下去了，開頭幾條問題是用來驗證生辰八字是否真的屬於我。這幾條問題都答對後，師傅就叫我回去，一星期後再來取一本詳細預測我一生的書，然後預測到某年突然停了，那你就知道是什麼意思吧？」

單是揭幾本書就準確知道你父母的生肖已夠神奇了。那就是說，每個人的一生一早已經白紙黑字寫了下來，活著只是把劇本演出來而已。到底個人努力可否改寫命運？還是連努力這一點都早已計算在內？預早知道，無論能否改變，至少有心理準備，卻也有人覺得太沒趣味。重點是，要揭到最後那一頁還是需要很大的膽子吧！眾所周知每個人的結局都是一樣，但知道是一回事，赤裸裸擺在眼前又是另一回事。

人生最美的謝幕，是沒有恐懼，沒有悲傷，而是內心平安直視死亡。

一位偉大的女性

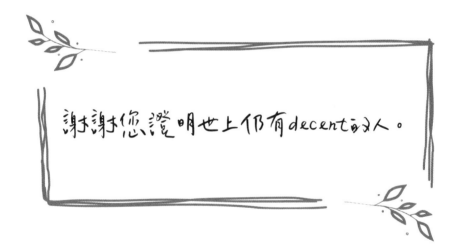

謝謝您證明世上仍有decent的人。

2022 年 9 月 8 日，在位逾 70 年的英女皇伊利沙伯二世駕崩，享年 96 歲。

這幾年我明白了一件事——原來無論到了什麼年紀，依然需要長輩，去證明給我看，不管處境如何，仍然可以做個 decent 的人。

我曾經以為自己都這麼大個人了，應該夠堅強去面對困境吧。我也曾經以為自己出來社會工作多年，應該明白人嘅 range 可以有幾闊，但終究還是遠遠超出了想像。

我以為自己夠堅強，原來也很害怕。我害怕的不是自己所選擇的做人方針會令我接不到 job，沒有收入，也並非害怕自己會遭遇什麼。令我不安的是——

正直會死。
有良知注定行乞。
善良是不幸。
見死不救天經地義。
不自私就會第一個被犧牲。

最難應付的不是困難，而是荒誕。

我需要長輩去證明給我看，無論處境如何，依然可以做個 decent 的人。

英女皇伊利沙伯二世一生身體力行，示範了 Keep calm and carry on 不只是一句口號。

她給我證明了，縱使世界充斥左膠、無知、自私和惡意，慈愛會得到最終勝利。

她給我證明了，狗向你撒野狂吠，你不用蹲下來吠回牠。

她給我證明了，一份「工」由 26 歲做到 96 歲，可以初心不變。

她給我證明了「noble」形容的不是出身，而是品格。

社會上很多人只顧 take，從來不會 give。英女皇得到很多，也向國民奉獻了自己的一生，give 到生命最後一刻。

如果有來世，但願您做個男人，
這輩子當女人太累了。
但願您下世做個平凡人。
但願您可以任性、可以自由。
願您可以做自己。

謝謝您讓我看見世上依然有 decent 的人。

謝謝您讓我看見希望。

少年你太年輕了

年輕時未懂變幻，
以為人生就是一條直線
由二十歲活到七十歲。
那時我不知原來在數十年間，
一個人甚至一個國家可以不再存在，
人類也可以變到超乎想像。
別說數十年，就連一個月後我自己、
香港和世界會變成怎樣，
我都沒有把握。

剛出來社會工作的時候，我覺得銀行銷售的 N 年儲蓄計畫好神奇。二十幾歲開始每年供款，七十歲居然可以拿回一座幾倍的小金山，腦海立即浮現老年的自己在巴黎麗思酒店的 Suite Ernest Hemingway 喝著紅酒，準備換套衣服去 Céline 置新裝。

「點會咁著數？」那時我這樣想。即使計算了物價升幅、利息和投資回報，最終能拿走的金額依然比我實際拿出來的大很多，而且通常供款到某個年齡（例如三四十歲）就不用再供，只要不提款，不用再作任何付出就能讓錢滾成一座小金山，我兩眼發光，沾沾自喜在銀行簽下同意書，憧憬著退休歎世界。

少年你太年輕了。

所謂「太年輕」是什麼意思？就是未懂變幻。我以為人生就是一條直線由二十歲活到七十歲，中間經歷結婚、買樓、生仔。那時我不知原來在數十年間，一個人甚至一個國家可以不再存在，人類也可以變到超乎想像。別說數十年，就連一個月後我自己、香港和世界會變成怎樣，我都沒有把握。

一位在銀行工作的朋友告訴我：「大部分人都不能按原定計畫等到七十歲提款啊，就算真的能活到七十歲，人們總有買樓、生病、意外事故等等急需用錢的時候，過早提款還要倒蝕呢。」

年少時以為人到了某個年紀就結婚，想法就這麼單純，我卻認識一位男士未夠四十歲就結過三次婚，他根本沒料到自己在結婚、離婚和贍養費方面的開支會如此驚人。一位同學的哥哥三十幾歲突然中風，全身癱瘓，保險金也不夠應付開支。一個模範家庭的太太連發夢也沒想過提早做完 facial 回家會捉姦在床，決心離婚自立也需要錢。以前幾乎所有大學商科生都夢想入「Big Five」會計巨企，卻沒料到「Big Five」有天會變成「Big Four」。誰會想到雷曼竟也倒閉？世界會因為新冠肺炎停頓三年？先別說有多少人不能活到七十歲提款，這家銀行在數十年後是否依然存在也是問題。

發明這種 N 年儲蓄計畫的人也太聰明了吧！每個人都有「太年輕」的時候，後來卻無一例外地被種種變幻打擊磨練，披荊斬棘到七十歲的人值得獎他一座小金山。

情緒囚犯

人啊，總是將簡單的
事情複雜化，
變成情緒囚犯，
跑進監牢還自己關上門，
親手將鎖匙交給他人，
由別人去控制你的喜怒哀樂。

大概在 2019 年疫情出現以後，我開始為讀者進行「一對一」online 視像諮詢，可以暢談工作、感情、家庭、飲食、生活品味或人生種種，或訴訴苦，找一個不會隨便 judge 你的人去聆聽你的煩惱，並且盡我所能給予有用的建議。

還以為找我諮詢的會是女性較多，結果男女比例竟然各佔一半。其實男士想找人聆聽，比女士更加困難。找個兄弟出來喝酒聊天，一開口講心事，對方就話你婆媽。那為何不向老婆傾訴？因為老婆通常就是煩惱本身，沒有人喜歡跟煩惱傾訴煩惱。

當然也有男士的煩惱跟老婆無關，但因為跟另一個女人有關，找老婆商量等於找死。另外有已婚的同性戀男女，一直向異性伴侶隱瞞真正的性取向；也有跟同性伴侶一起十年，如今想分手跟異性結婚。

除了戀愛或婚姻，有些問題不論男女都會遇到，例如壓力和情緒問題，有的來自工作，有的關於原生家庭。有事業成功、家庭幸福的美女覺得自己「毫無價值」；有人問「為什麼我用盡方法、花光力氣仍無法忘記那個人？」「我已經好努力好努力，為何我仍是不夠好？」「無論我做得多好，父親永遠都看不起我。」「結婚25年一直相安無事，有天一覺醒來，妻子卻消失了，餐桌上放著一份離婚協議書。」「他明明很愛我，卻一次又一次出軌……」

有些人或事我們可以控制，有些則超出我們的控制——懂得分清這兩類問題，生活就會簡單得多。人啊，總是將簡單的事情複雜化，總是不自覺地將自己變成情緒囚犯，跑進監牢還自己關上門，親手將鎖匙交給他人，由別人去控制你的喜怒哀樂。

INSIGHT

我年紀還小的時候常常覺得自己的心穿了個洞，現在卻有圓滿的感覺，那是一種 sense of completeness。無力改變天氣，也趕不走頭頂的烏雲，但你有腳呀，何不走去沒有烏雲的地方？

漣漪

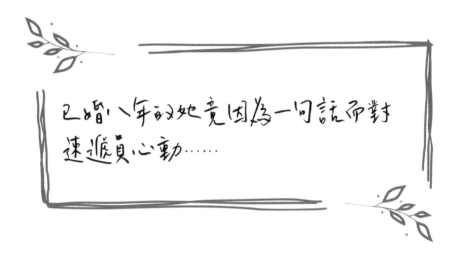

已婚八年的她竟因為一句話而對速遞員心動……

上文提到我為讀者進行「一對一」online 視像諮詢，其中一位女讀者在諮詢結束一個月後電郵給我，說回顧起來，驚覺怎麼自己以前居然蠢成這樣，請我把她的故事寫出來，希望對其他人有幫助。

她找我諮詢的原因是從未想過在丈夫以外，自己竟會為另一個男人心動，但令她最不服氣的是這個男人既不英俊也不特別出色。那是一名速遞員，見過幾次並無特別，直至有次讓她簽收郵件時，速遞員閒聊一句：「啊，剪了頭髮嗎？挺好看的。」她像被雷電擊中那般，一秒愛上這個男人。

這不是太兒戲了麼？自問不是未見過世面，怎可能因為這麼小事就淪陷？自小讀書成績優異，中學時還是校花，婚姻、事業都在她的掌控之中，如今卻被一個突然闖進生活的路人甲牽制情緒，日夜想念這個速遞員，甚至不要臉地向對方索取手機號碼，人家婉拒，她就不斷上網購物希望能再次見到心上人，對方好明顯怕了她。幸好沒有遇著壞人，否則要騙財實在太容易。

很久很久沒有被人稱讚了。與其說她「愛上」這個速遞員，倒不如說她太懷念被男人稱讚的感覺。結婚八年，夫妻和睦，但已像一杯白開水，丈夫不會像拍拖的時候哄她、讚美她，也不會注意到她剪了頭髮。生活上很多事情都是自動波，一切理所當然不用說出口。

「其實好悶⋯⋯」她坦言。

面對鏡子，中學時代的校花早已一去不返，38歲的她發現自己真的胖了許多──我是否老了？我在異性眼中是否已經完全失去吸引力？我這輩子是否不會再有機會嚐到戀愛的滋味？

速遞員隨口一句，就像往一潭死水扔下一顆石頭，泛起久違了的漣漪。

「你喜歡自己嗎？」我問。

她有點錯愕，想了一下說：「我喜歡從前的自己，二十幾歲時候的自己。」

「現在的你有什麼不好？」

「又老又肥又悶。」

「可是現在的你也擁有很多二十幾歲時沒有的東西啊。」

「是嗎？」她苦笑。「例如什麼？」

「錢、經驗、事業、一個在生命中與你同行八年的丈夫。」

人生像一場馬拉松。更確切地說，是一場環球馬拉松，最終成績是分站賽的總和。這一站比賽結束了，無論成績輝煌還是教人沮喪，都必須 move on，每次來到新階段都要跟上一個階段道別，無論多麼不捨，多麼不情願，人生就是不斷跟以前的自己道別。

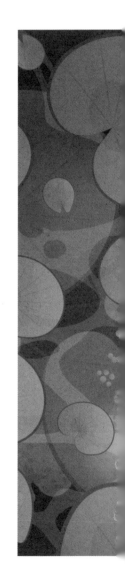

「你既然來找我談，我也要講真話才對得起你，真話難免是刺耳的。說實話，如果你認為自己 38 歲就已經『又老又肥』，那為什麼還吃這麼多？照鏡對自己諸多不滿，卻又什麼也不做。雖說新陳代謝會隨著年紀減慢，但也可以選擇吃得聰明一點，現代人的營養好，護膚品也很先進，只要稍為注意保養，看來比真實年齡後生十年也不難。

學習喜歡自己吧！比起男人的讚美，女人更需要欣賞自己。你大概想說：『我又老又肥有什麼值得欣賞？』單是現在比二十幾歲時有錢就很值得高興了吧？現在的你還擁有事業、經驗和一個與你同行八年的丈夫。他很多年沒有讚你，那麼你上次讚他又是什麼時候？你今晚試試讚一讚他，如何？什麼都好，既然在一起八年還未作嘔，他總有一件半件事值得欣賞吧？

單戀速遞員就當睇韓劇，播完就回到現實。你要做的是 reset 你與丈夫的關係，並且重新喜歡自己。」

朝鮮灰姑娘

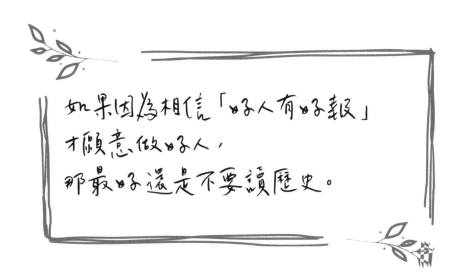

如果因為相信「好人有好報」
才願意做好人，
那最好還是不要讀歷史。

古裝韓劇《衣袖紅鑲邊》好看極了。雖然拍成宮廷浪漫故事，人物的歷史原型正祖和宜嬪卻很悲慘。如果因為相信「好人有好報」才願意做好人，那最好還是不要讀歷史。

朝鮮正祖李祘生於 1752 年。他的祖父英祖對兒子莊獻世子期望極高，非常嚴格，世子患上抑鬱症，據說還有「衣服恐懼症」，病發時虐殺宮人，又帶僧尼入宮，英祖一怒之下將世子廢為庶人，命他自行了斷，兒子自縊多次不果，英祖竟將他關進米櫃，八天後被活活餓死。

當時年僅 11 歲的王世孫李祘目睹祖父殺了父親，他沒有長大成心理變態，反而成了賢君可真是奇蹟。2015 年的韓國電影《逆倫王朝》講的就是莊獻世子由出生到被餓死的 27 年人生，由個性實力派演員劉亞仁主演，獲提名奧斯卡最佳外語片。

李祘接了阿爺的皇位成為一代明君正祖。他不近女色，據說一生只愛過一個女人，那就是宮女出身的宜嬪成德任，亦即《衣袖紅鑲邊》的女主角原型。德任家貧，十歲入宮做宮女，但氣質端凝，大家都以為她是名門閨秀，長大後被正祖親自選入後宮，當月就懷孕，一索得男，立為太子，人生很美好吧？好景不常呢，第二胎的女兒夭折，第三度懷孕時，四歲的太子竟突然身亡，宜嬪不久就得了不明之病，懷著腹中孩子病逝，那時她才 33 歲。有傳她是被毒害，也有說她得了肝癌。

宜嬪為人謙卑儉樸、心地善良，就算身份變尊貴了也從來不用銀匙，吃飯只用柳木，親戚們也無法從她那裏得到好處。她的離世令正祖悲痛極了，但還是努力做個好皇帝，改革國家，振興了朝鮮的經濟和文化，可惜 47 歲那年突然長了毒瘡，服下王大妃貞純王后（阿爺英祖的王后）送來的正氣散不久就斷氣了。幼子繼位，貞純王后垂簾聽政，廢盡正祖的改革，朝鮮走向衰落。

能夠獨處是
一種成熟

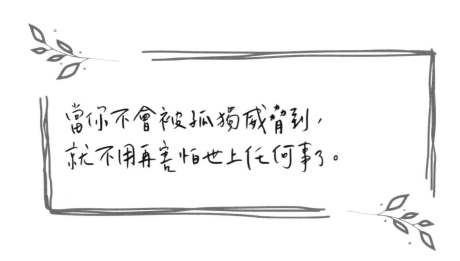

當你不會被孤獨威脅到，
就不用再害怕世上任何事了。

剛大學畢業的女生問我：「Daisy，你有沒有試過感到孤獨？」我想絕大部分人的答案都會是「怎可能沒有」吧。但孤獨卻仍堅持一個人住，包括這位女生。

我在中學畢業以後就離家。大學住宿舍，出來工作後自己租住小房子，然後展開了漫長的流浪──戀愛流浪，工作流浪，價值觀不斷受到衝擊，在犯錯和再嘗試的過程中漸漸摸索出自己真正需要什麼，還有什麼才最適合自己。這場旅程很艱苦，但似乎也是無可避免只能一個人面對吧。即使幸運遇到好前輩、好朋友，也沒有人能代替我去受苦，同樣也沒有人能擁有我的快樂。

「就算窮到連吃飯都不夠錢，只能租一間又窄又小的房子，但只要回到自己的空間，那屬於我一個人的小天地，依然覺得很值得、很滿足啊。在外面處處碰壁，前路茫茫，好像人生沒有什麼是自己能夠掌握的，我卻能夠擁有靠自己力量去建立的一個家，這份感覺很實在。」我回想著剛畢業那段既苦又甜的獨居歲月，不禁微笑。女生連連點頭，她正在租住 160 呎的劏房，幾份 free-lance 工作的收入加起來生活仍是捉襟見肘，卻絕不後悔搬出來住。她與家人同住整天吵架，少見了，關係反而更好。

要令蝸居溫暖舒適，其實不用花很多錢。首先要放小盆栽，吊起一盆長春藤，再在牆角放一株虎尾蘭，這兩種植物可以淨化室內空氣，而且佔用空間很小。第二是窗簾，講究的話可以裝兩層，一層白色薄紗，日間讓陽光照射進來，也能阻擋外面看見屋內，保護私隱，也可以加一層有遮光功能的窗簾。第三是燈光，一兩盞暖黃的小檯燈已能使氣氛溫潤起來了。

每晚工作完畢回到家裏，聽喜歡的音樂，看一本喜愛的書，享受獨處的時光，就會感到明天還是有力氣繼續旅程啊。

好想贏一次

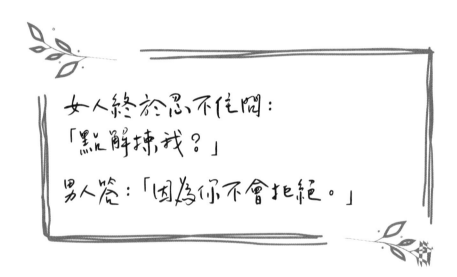

女人終於忍不住問：
「點解揀我？」

男人答：「因為你不會拒絕。」

不動聲色地喜歡一個人，跟不動聲色地憎恨一個人同樣困難。

見了面一定會露出馬腳，心動是很難掩飾的，那就逃避好了，躲起來從遠處偷看一下心上人，然後迫著自己忘記。若偶然在什麼地方碰上了就挖個洞鑽進去，回家將那段五秒鐘的偶遇在腦海重播一千次自 high。暗戀必須保密，因為對方喜歡我的機會是零，那又何必令自己淪為笑話？

想起一部精彩的日本電影《100 円的愛》。以下含劇透，請自行決定是否看下去。32 歲的女主角又胖又醜，是個飯來張口、對生活麻木的廢中。她意外重遇暗戀多年的男神，萬萬料不到男神居然約會她，到真正約會時卻發現跟想像完全是兩回事，男神冷淡黑面，當她透明。

女人終於忍不住問：「點解揀我？」

男人答：「因為你不會拒絕。」

好狠。但既然他這樣說，那就意味著他被女生拒絕很多次了，所以才要找個更失敗的人來墊底，總算有人比我糟，這樣心裏或許會好過一點。然而，真的會嗎？

當一個悲慘的人去傷害另一個更悲慘的人，試圖將自己映襯得沒那麼悲慘，那個被傷害的人有時會在大受打擊之下忽然發奮，最後反敗為勝，讓全世界跌破眼鏡。

所以我說這是一個「精彩」的故事。重遇男神的時候，他已經成了一個被生活一次又一次打倒、輸了一場又一場的拳擊手。女主角開始學習拳擊，在所有人都叫她「別傻了」的情況下第一次上擂台，被打到不似人形，但那時她反而不需再掩飾喜歡或憎恨了，平生第一次拋開所有包袱。

就是一次也好，好想贏一次。

生活很可怕，但人生終要一次奮力揮出右勾拳。這一拳揮出以後，無論比賽輸還是贏，男神回來還是離開，觀眾嘲笑還是讚賞，這依然是一部精彩的電影。

你是主角。

愛神的愛情故事

通街都係人，
為何偏偏愛上「這個人」？

邱比特因為「蝦碌」被自己的箭
劃傷而展開了一段轟烈的愛情。

一個人為什麼會愛上另一個人？我的意思是，通街都係人，為何偏偏愛上「這個人」？

在神話中被邱比特的箭射中就會墮入愛河，而邱比特本人也因為「蝦碌」而展開了一段轟烈的愛情。

話說邱比特阿媽維納斯妒忌凡間那個美貌傾城的公主賽姬（Psyche），命令阿仔用箭射她，令賽姬愛上凡間最醜的人，誰知阿仔支箭不小心劃傷了自己（totally unprofessional），本來整蠱人變成整蠱自己，邱比特就這樣無可救藥地愛上了賽姬，晚晚入黑後鑽進她的床，成了夫妻，但天光前邱比特就會鬆人，所以賽姬從未見過自己的丈夫，更不知他來自天界。

賽姬的兩個姊姊見妹妹錦衣玉食，妒忌了，指妹夫是妖怪，教唆妹妹去揭穿他的真面目。美女都是腦袋裝草的嗎？沒這回事。但偶爾有一兩個頭腦簡單的美女輕易被騙，大家就得到「有樣貌沒頭腦」的印象了。賽姬居然聽從八婆的唆擺，趁丈夫熟睡時掏出匕首，其實這一幕是隱喻夫妻中的一人破壞信任。豈料油燈映照出邱比特的外貌，那絕美的翅膀和身軀震撼了賽姬的心，邱比特驚醒，悲痛地說：「愛情是不能與懷疑共存的！」，便離開了。

維納斯對賽姬恨之入骨，展開了一場婆媳格鬥。賽姬千里尋夫，到處拜神，拜拜下有人提醒她其實直接拜她奶奶維納斯不是更有效嗎？維納斯自覺佔了上風非常得戚，將賽姬交給兩名手下「憂慮」和「悲傷」，百般折磨賽姬，然後給賽姬四件艱巨的任務，最後一件是命她攜一個盒子去冥界奪取讓女王青春不老的藥，賽姬拿到之後當然是自己唔執輸先打開了盒子，想令自己更漂亮，貪心的人最容易中伏，盒內根本沒有什麼保青春仙丹，反而令賽姬陷入昏迷。不過，別擔心，邱比特一吻喚醒了她，happy ending。

這是古羅馬作家阿普列尤斯（Lucius Apuleius）近二千年前寫的諷喻神話《金驢記》（也稱《變形記》）。但今天讀來，女人的本質還是一樣呢。

三人行

第一次揭發丈夫有外遇，
天塌下來似的。
但時日久了，
生活還得繼續。
男人見你都接受了，
也不差在帶多個女人入屋吧。
這叫「包容」？「看得開」？
「助人為快樂之本」？
「人妻的宿命」？

幫襯玲姐的小食店已好幾年了。豆腐花做得很好，都是她一個人天未光就開始準備的。看來大約五六十歲，做事卻比後生女還要勤快，一星期七天都見她開店，簡直鐵人，每晚收舖後還匆匆趕回家煮飯給老公吃，卻一次也沒見過她丈夫到店裏幫忙。

後來我有段時間太忙沒去光顧，再見玲姐的時候幾乎沒將她認出來，從前胖胖的她居然瘦成了人乾，雙眼凹陷，抑鬱陰沉，一個師奶搭嘴：「男人點會有良心呀！」從師奶與玲姐的對話，大概知道玲姐的丈夫在公園搭上了一個跳舞的女人，要同玲姐離婚。她整個人生只有孩子和丈夫，沒有自己，拼命工作賺錢全是為了養家。丈夫以前兼職揸的士，後來說腰痛，連兼職都費事（跳舞卻很起勁），日日去公園，玲姐每月給他幾千蚊零用。那至少也該到小食店幫忙吧？不行，腰痛啊。玲姐為了這個家盡心盡力，無法理解自己何以落得棄婦的下場，然而世上無法理解的事情多著呢。

過了一陣子，我去買小食的時候居然見到一個七十歲上下的阿伯，一副焓熟狗頭的模樣跟玲姐調情，曖曖昧昧好嘔心。正當我在心中讚歎玲姐結識新歡效率之高，從他們的對話發現此人並非新歡，而是玲姐的丈夫。不，是前夫。當她不再是老婆，就有調情的趣味了。玲姐對此充耳不聞，只督促他工作。

又過了一段時間，我再去幫襯時店內站著三個人——玲姐、前夫和一個滿手水晶甲的濃妝大媽。玲姐像個小食店領班，指導那二人工作。這三個人應該稱為「團隊」？「情敵」？「同事」？媽呀我好亂，這到底是一種什麼樣的後現代關係？名副其實的「Keep calm and carry on」？

第一次揭發丈夫有外遇，天塌下來似的。但時日久了，生活還得繼續。男人見你都接受了，也不差在帶多個女人入屋吧。這該稱作「包容」？「看得開」？「助人為快樂之本」？「人妻的宿命」？這位活得很用力的女士，不想有隨隨便便的婚姻，卻已沒有力氣抵抗一場糊里糊塗的人生。

吃醋

公司內萬女叢中只有一男，
大受女同事歡迎，
但這一切都發生在
沒有比較的時候。
有天新來了一位高大靚仔的男同事，
眾女秒速移情別戀……

世上大部分女人或多或少都會吃醋，核彈級醋婦的威力是非常恐怖的。「史上吃醋第一人」甚至能把威風凜凜的唐太宗嚇倒，看吧！還是女人才明白什麼叫「不戰而屈人之兵」。

唐太宗李世民想慰勞親信房玄齡，送幾個美女給她做老婆，誰知房玄齡一聽非但不覺得高興，反而一臉大禍臨頭的驚恐模樣，不願接受老闆的禮物。

唐太宗於是讓皇后召見房玄齡的正室盧夫人，以為女人同女人好說話，就直接告訴盧夫人如今納妾是常規制度，你看開點，盧夫人竟一口拒絕。嘩，大佬要賞賜，輪到你們這些小角色 say no？沒想到這膽大包天的盧夫人還是企硬。觸怒皇帝不是開玩笑的，唐太宗立即派人給盧夫人倒了毒酒，不見棺材不流眼淚是吧？如今你面前只有兩條路：一，讓你老公納妾。二，喝下這杯毒酒。盧夫人想也不想，一飲而盡。

偶像。

唐太宗何不派盧夫人去打突厥？保證把突厥人嚇死。

那其實不是毒酒，而是醋，自此女人嫉妒就稱為「吃醋」。唐太宗說：「我尚且畏懼如此女子，何況房玄齡！」女人的悍比男人的強要厲害得多呢。

話說回來，我倒不覺得吃醋是女人的專利，不是也有些男人妒忌心超強嗎？只是男人吃醋多是因為覺得沒面子，女人吃醋則是基於佔有慾或缺乏安全感，既然已是戀人或夫妻了，我必須是你的唯一，這樣想也很合理吧？剩下的就是程度問題了。到底吃醋到什麼程度才算「合理」呢？如果房玄齡跟老婆以外的雌性動物點頭微笑，不知會否沒飯吃。

我以前在一家公司上班，萬女叢中只有一男，也是很體面的男生，大受女同事歡迎。不過，這一切都發生在沒有比較的時候。有天新來了一位高大靚仔的男同事，眾女秒速移情別戀。這還未算，有女同事的電腦出了問題，舊男飛撲過去拯救以為大顯身手，豈料搞了半天仍束手無策，新男淡淡然兩三下手腳，搞掂。女人看得好興奮，好 man 好叻好型呀尖叫不停，舊男很不是味兒，對新寵句句說話都有骨。這算不算妒忌？算不算吃醋？

如何湊大三個SEN孩子？

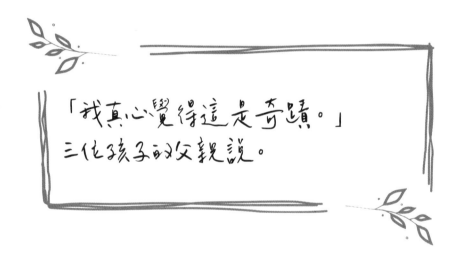

「我真心覺得這是奇蹟。」
三個孩子的父親說。

2022 年 9 月，才剛開學即從新聞得知一個五歲男童倒斃在深水埗劏房，傳媒指孩子瘦成皮包骨，長期營養不良，身上有 30 多處傷痕，懷疑曾受虐待，讓人憤怒又難過。報道說這是一名有特殊教育需要（Special Educational Needs，簡稱「SEN」）的孩子。

我認識一對夫婦，三個孩子全是 SEN，有過度活躍、讀寫障礙等問題。他形容家裏就像「戰場」一樣，二仔經常追著哥哥和妹妹暴打，曾使出蠻力扯禿了哥哥一束五元硬幣面積的頭髮，每天起床都拒絕上學，爬上櫃頂像貓那樣捲縮在櫃與天花板之間的縫隙。這位阿媽不容許孩子逃避，她教仔的原則是「你認定自己做不到嗎？好，我就陪你一齊做！」於是阿媽爬上櫃頂強行把兒子拉到學校，老師一見大驚，怎麼這母親兩條手臂全是血痕？原來她被極力反抗的孩子失控狂抓。其實孩子自己控制不了，他的內在彷彿有什麼會隨時爆炸，在街上、餐廳、課室或任何地方，他會毫無預兆地突然緊握拳頭，表情痛苦地尖叫狂吼，

被周圍的人當成怪物，這就是他不願上學的其中一個原因。漸漸，當他感到快要「爆炸」就會快步溜開，躲起來尖叫，設法不被別人看到。

但這一切都是過去式了。現在這孩子 14 歲，被很多人形容為天才。為保護他的身份，我不作具體描述了。他獲邀在兩萬人面前表演，才華震撼全場。轉捩點就發生在小六那年，他在偶然機會下找到熱愛的事，而他又能夠做得好。「啊，原來我也是個有用的人啊！」有了自信之後，「爆炸」竟奇妙地消失了。

大兒子同樣是脫胎換骨。讀小學時父親給他拋波，拋一百次他沒有一次接到。父母很心酸，可是兒子天生無法估量空間距離。這孩子知道自己手腳不協調，下定決心學打鼓。他知道自己身體瘦弱，於是每天跑步鍛鍊體能。今天他 17 歲，是打鼓高手。這個被評 SEN 的孩子，現在中六考全級頭五名。最小的妹妹也隨著長大而展現出獨有才華。

「我真心覺得這是奇蹟。」三位孩子的父親說。

是的，世上真有奇蹟，卻不是天掉下來。奇蹟發生在努力的孩子身上，在開明勇敢的父母身上。

平安卻悲傷的
末代太后

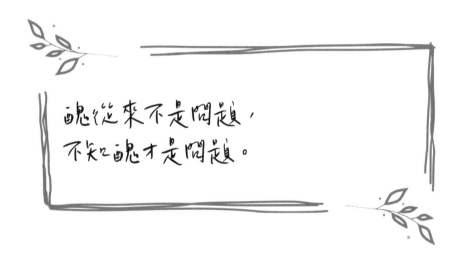

醜從來不是問題，
不知醜才是問題。

男人看女人真的就看樣貌嗎？我之所以提出這句廢話，是因為我一年到晚都被女讀者詢問這個問題。人就是這樣，知道答案跟接受這個答案是兩回事。但接受現實不僅有益身心，有時還可以保命。醜從來不是問題，不知醜才是問題，清末的隆裕皇后就深明此道。

她的父親是慈禧太后的弟弟，很小的時候就被慈禧看中。光緒皇帝 19 歲時與 21 歲的姑表姐成婚，她就是隆裕。光緒很厭惡她，只寵珍妃。上網可以看到不少清末妃嬪的照片，大部分醜得驚人，電視劇是騙人的。日本公使在報告中這樣形容隆裕皇后：「其貌不揚，且其痘痕斑斑。」美國傳教士 Isaac Taylor Headland 在中國生活多年，他的妻子是清朝的宮廷醫生，知道不少宮廷內幕。他引述妻子說：「隆裕皇后長得一點也不好看，她面容和善，常常一副很悲傷的樣子，稍微有點駝背，瘦骨嶙峋，臉很長，膚色灰黃，滿口蛀牙。」

慈禧看中她聽話，便於控制，然而做 management 的大忌是措施違反人性。面對現實吧，男人哪有不看女人外貌的？光緒那時𡃁仔一名，血氣方剛，從照片看來挺清秀的，拍照還會 chok，在現代可能是追捧韓星的潮人，或乾脆自己加入男團，點頂得順隆裕？莫講話皇帝，就連慈禧也不喜歡隆裕，只是想操控她罷了。

在宮廷鬥爭中，隆裕可謂毫無本錢，她卻順利當上太后，相比被慈禧丟入井的珍妃，隆裕就算沒有愛情，至少平安；沒有權力，卻有地位，豐衣足食。她的生存之道是什麼？

剛才提到 Headland 引太太對隆裕的描述還有下文：「太后、皇上接見外國使節夫人時，皇后總是在場，但她站的位置與太后、皇上有一點距離。有時她走進太后、皇上所在的大殿，會站在後面一個不顯眼的地方，侍女站在她左右。在別人不注意的時候，她就會退出大殿或到其他房中。她臉上常常帶著和藹安詳的表情，總是怕打擾別人，也從不插手任何事。」

隆裕似乎相當清楚自己不受歡迎，於是令自己透明。在現代社會也有婦女以此為生存之道，明知丈夫的心不在自己這裏，但為了保住婚姻，不投訴，不作聲，一切都可以隻眼開隻眼閉，盡量令自己變透明。丈夫不會離婚，因為根本就忘了她的存在。

隆裕性格懦弱，她只是一個單純渴望平平安安過日子的小女人，上天卻偏偏跟她開了一個玩笑，讓她當上太后垂簾聽政，成為即將滅亡的大清王朝的最高統治者。1911年將近完結時，全國各地高呼清帝遜位的聲音愈來愈響亮，隆裕太后對袁世凱和內閣大臣說：「頃見慶王等，他們都說沒有主意，要問你們，我全交給你們辦，你們辦得好，我自然感激，即使辦不好，我亦不怨你們。皇上現在年紀小，將來大了也必不怨你們，都是我的主意。」說到這裏，她放聲大哭。又說：「只要天下平安就好。」

《清帝遜位詔書》以隆裕太后的名義頒布，改寫了中國往後的路。孫中山等人稱她什麼「女中堯舜」，怎樣「深明大義」，清朝貴族卻不憤她斷送江山。隆裕於46歲病逝時，不足20人來祭奠行禮，冷冷清清。這個女人一生感受至深，大概就是「人情冷暖」這四個字吧。

就是喜歡看書

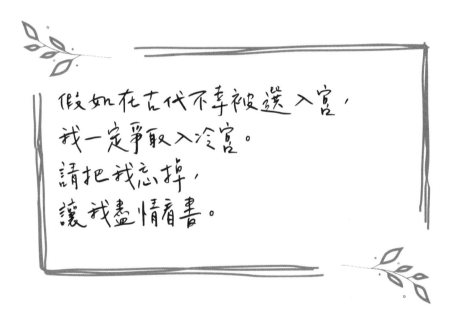

假如在古代不幸被選入宮，
我一定爭取入冷宮。
請把我忘掉，
讓我盡情看書。

我總是無法投入看古裝宮鬥劇，那些女人實在太難懂。

例如為什麼要千方百計爭取皇帝寵幸？對於那些嫁入皇宮的女子，皇帝可能做得她們的祖父或老爹。除了老、醜、廢，也有可能為了爭奪皇位而斬兄弟、殺無辜，心理失常變態，不然就是又蠢又懶的二世祖，若然再加上沉迷煉丹則只能說聲「恭喜」了。

按劇情套路，得寵的妃嬪最快死，懷上龍種更危險，會迅速成為其他女人毒殺的目標。所以呢，最好被打入冷宮，把我忘掉，我對升職完全不感興趣，最討厭

戴著假面具應酬其他同事。在冷宮可以靜靜地看書，坐著看站著看躺著看都沒人理我，太幸福了！

「你呢啲咪離地囉。」Philip 諷刺我。「失寵會直接影響物資供應，冬天不給炭取暖。」

我說：「冬天在室內燒炭取暖有可能令人中毒，這就是一些古代皇族幼兒夭折的原因。」

「失寵會連配給食物的質素都變差。」

「我可以種有機菜呀。電視劇裏，冷宮門前不是有塊爛地嗎？」

「被打入冷宮，才不會給你提供源源不絕的書本。」

「Why not？誰會在乎一個冷宮的女人在看書還是種有機菜？再說如果不給我提供書本，我可以自己寫給自己看。Okay，我知你還想說打入冷宮就不獲配給衣服，that's totally fine！反正我打算把衣櫃改裝成書櫃，由朝到晚不停看書，想起就興奮……」

我好陶醉，當然又被說成「離地」。

唯一讓我在意的是家裏的書愈存愈多，我死後這些書會落得什麼下場？不禁想起 1913 年國民黨在選舉大獲全勝，宋教仁以黨魁身份前往商討組閣，卻在上海火車站遭刺殺中槍，在醫院留下遺囑：「今以三事奉告：一、所有在南京、北京及東京寄存之書籍，悉捐入南京圖書館；二、我本寒家，老母尚在，如我死後，請克強與公及諸故人為我照料；三、諸公皆當勉力進行，勿以我為念，而放棄責任心。我為調和南北事費盡心力，造謠者及一班人民不知原委，每多誤解，我受痛苦也是應當，死亦何悔？」臨終記掛的頭等大事竟然是家裏的書。這樣，年僅 31 歲的宋教仁就離開了塵世。

常有讀者催促我製作電子書，我一直拖到 2022 年初才在 https://payhip.com/daisywong 推出了 ebook。一來是因為懶，同時也暗自覺得電子書又怎及得實體書呢？手指碰到書頁的觸感，那溫度，那書香……成了一個人離開前最念念不忘的寶貝。

床頭打交
床尾和？

當女人對一段感情的
無力感累積到臨界點，
她不會發怒，
而是會放棄。
其他人（包括丈夫）覺得好突然，
其實只是她放聲求救時
別人裝作聽不見罷了。

我最怕受委託做和事佬，勸人不要離婚，尤其當這要求來自長輩，例如舊同學的母親或姨媽姑姐。要令年長婦女明白幸福的方式不止一種，有時就算講到口水乾都是徒勞無功，我又沒有耐性，往往在十秒內放棄。

那天收到 auntie 來電，我就知道她又要派我「上陣」了。她女兒（暫稱 Flora）跟大學同學結婚，到現在差不多十年了，生下兩個健康乖巧的孩子，丈夫是專業人士，住豪宅，著靚衫，聽歌劇，生活美滿，卻突然爆出離婚。Auntie 無法接受，哭著要我去勸。

我致電 Flora，她平靜得很。「我已經跟我媽說了很多次，沒有人搞婚外情，也沒有人吸毒欠債，但我們兩個人確實已經走到盡頭了，我是經過深思熟慮才提出離婚的。」

Auntie 當然覺得太荒謬。「明明好地地！那麼好的丈夫，多少人羨慕了一輩子都無法擁有的幸福家庭，為什麼要離婚！」

我只說了一句：「那又不是你的丈夫，你怎麼知道他好？」

Auntie 一如所料地激動。「我有眼睇呀！」然後列出一張清單表揚女婿何等出眾。

兩個人每日相處的真實狀況，只有在屋企四面牆之內那兩個人才會知道。其他人（即使父母）所看到的都是過濾了的畫面，而且就算子女跟父母談婚姻問題，父母都未必覺得那是「問題」，因為「床頭打交床尾和」，「夫妻有爭執好平常，唔啱咪傾到啱囉」。如果傾完對方有改，那還用離婚嗎？講極都不肯改，或口頭上答應了改，實際卻繼續做，聲嘶力竭地勸、罵、求，一次又一次，一年又一年，直至憤怒悲傷已變成麻木，不禁問自己是否餘生都要繼續這種生活？這是一個監牢啊！

這就是有些女人「突然」離婚的原因。

INSIGHT

◆ 除了自己，世上不可能有第二個人知道你真正需要什麼，不要覺得別人有責任了解你。如果向別人解釋令你感到疲倦，就不要解釋，不懂你的人聽完解釋還是不會懂的。

失物拾回

為什麼某個男人會為
某個女人泥足深陷？
為何這個孩子
會做出這種行為？
旁人完全摸不著頭腦，
因為他們不知道這些人的過去。

由感情引發出來的行為，旁人總是很難理解。比如說，為什麼某個男人會為某個女人泥足深陷？為何這個孩子會做出這種行為？旁人完全摸不著頭腦，因為他們不知道這些人的過去。

由全度妍、孔劉主演的 *A Man and a Woman* 是一部深刻的韓國電影。有一幕講女主角患有自閉症的兒子走失了，這位母親慌張地在雨中四處尋找，終於發現兒子蹲在河邊怔怔地望著流水不肯離開，喃喃唸著：「漂走了……漂走了……」。母親馬上把孩子甩掉的一隻鞋遠遠丟入水中，再跑過去撿回來，儘管在雨中全身濕透了，她還是展露開朗的笑容，揮舞著那隻球鞋大喊：「媽媽拾回你的鞋子了！」男孩很高興。

原來兒子小時候在海邊玩耍，母親曾為他撿回一隻被海浪沖走的鞋子，他深刻地記住了那段回憶。親眼看見隨流水沖走的鞋被拾回，就像崩了一角的回憶終於被填滿，彌補了時光流逝的遺憾。這一幕讓我好感動，如果我是男人，我也會在那一刻愛上這個女人。有人知道我失去了什麼，還為我撿回，這是多麼幸福啊。

每個人多少都有這種渴望吧，但因為在現實中不可能有人替我們「撿鞋」，富有象徵意義的電影才如此教人動容。在大人的現實世界裏，除了自己，世上不可能有第二個人知道你失去了什麼，那怕是你的父母也不會知道。你真正需要什麼，失去了什麼，收穫了什麼，自己的鞋只能由自己撿回。誰能天天嚷著要別人幫忙撿鞋呢？人家也有煩心的事啊。

也因為天天在現實裏披荊斬棘，帶著傷痕前進，才更渴望找到那個能為我撿鞋的人。可是那渴望一直落空，怎麼辦好呢？有已婚的人出軌去尋找伴侶無法給予的慰藉；有未婚的人不斷在愛情裏流浪，換掉一個又一個男女朋友。最後發現最低成本的方法就是煲韓劇，不用花力氣去解釋為何我這個人如此古怪，也不用花時間去了解為何那人的行為這般荒謬。人類大概不能沒有韓劇。

INSIGHT

很多人不知當女人對一段感情的無力感累積到臨界點，她不會發怒，而是會放棄。其他人（包括丈夫）覺得好突然，其實只是她放聲求救時別人裝作聽不見罷了。

知識可以
改變外貌

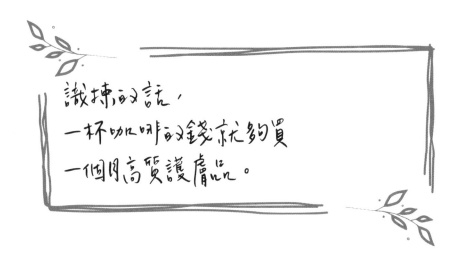

識揀的話，
一杯咖啡的錢就夠買
一個月高質護膚品。

有時看見一些女士花巨款買護膚品，但看看她們的樣子就知產品完全無效。別以為貴就是好或盲信廣告啊，到底知道自己塗了什麼在臉上嗎？

知識之所以能夠改變命運，其中一個原因是知識可以改變外貌，樣靚自然在職場情場都有更大優勢，命運就這樣改變了。那麼知識如何改變外貌呢？關於護膚品，只要用對的成份，對的方法，每日僅花幾分鐘就能有非常顯著的效果。舉例說，知道醫學上什麼成份能有效地增加皮膚的骨膠原生長，什麼成份能為皮膚建立屏障，都能大大減慢老化，比真實年齡看來後生十年是很基本的。

那需要花很多錢嗎？識揀的話，文青咖啡店一杯咖啡的錢就夠買一個月高質護膚品有餘了，這就是知識可以改變外貌最實際的例子。我經常在 Patreon 介紹好用的護膚品，有次推介一款在美國爆紅的產品，港幣130 元一瓶夠用一年，跟著使用的讀者們都得到驚艷的效果，皮膚很快就明顯變靚，由裏面透出光來。

是的，知識就是如此重要。不要相信我，相信科學吧。YouTube 有大量世界各地的皮膚科醫生作詳細解說，分析產品成份，全都是免費資訊。但即使是專家我也不會盡信一人，而會多聽幾種見解。不夠的話，網上還有海量資訊，不花一分錢就能獲得知識。

保養外表是愛自己的第一步，這是一種 spirit。我認識一位女生每次失戀就會完全不顧儀容，大吃大喝，邋邋遢遢，一副自暴自棄的模樣，她自己照鏡都覺得倒胃口。「但算吧，反正我就是垃圾，不會有人愛我了。」然後繼續吃。

「你真的這樣想嗎？」我忍不住問。老實講我未見過「垃圾」吃這麼多，如果真的覺得被男人拋棄就生無可戀，為何仍吃得那麼津津有味？承認吧！就算遇上人渣，生活仍是可以充滿樂趣。

伊利沙伯一世
死於蛀牙？

我的祖父死後五十年，
祖母仍多次看見丈夫的靈體。
五十年啊！
怎麼還未走？
我只想到一個可能——
爺爺在等他的妻子。

我祖母生前經常說：「做人最緊要唔係好生，而係好死。」

若有看我寫的《鬼故》，就會知道我祖父吃完晚飯小睡片刻，從此再也沒有醒來，看來走得很舒服，卻遺下幾個年幼的孩子由祖母獨力撫養。此後祖母多次看見丈夫的靈體，五十年後依然看見。五十年啊，怎麼還未走？我只想到一個可能——爺爺在等他的妻子。

這「走得舒服」其實是滿滿的牽掛。

一些流芳百世的偉人，以為他們生而轟烈，死也必定轟轟烈烈吧？但「反高潮」的例子原來也不少，比如大文豪莎士比亞據說是因為吃了腐壞的鯡魚而死，另有一說是他與好友相聚，一時興奮飲酒過量而亡，唐突地結束了 52 年的人生。本來還生生猛猛的，眾人對他的離世都很愕然。

英女皇伊利沙伯一世叱吒風雲，為國家開創「黃金盛世」，最輝煌的戰績是擊敗西班牙無敵艦隊。她的生母是亨利八世的二王妃，因為生不出男孩而被丈夫以通姦罪處死，當時才兩歲半的伊利沙伯被囚禁，接下來就是典型王室兄弟相殘爭奪帝位的故事。

她同父異母的弟弟九歲登基，15歲早逝，家族又爭一輪，姊姊瑪麗終於踢走對手自己坐上龍椅。直至有天，伊利沙伯突然獲釋，原來瑪麗去世，皇位突然落在伊利沙伯的頭上。當時她用拉丁語說：「我看見了奇蹟。」

鬥什麼都是假的，鬥長命才是硬道理。

伊利沙伯25歲登基。相對之前的君主，她對宗教抱著包容的態度，沒把握和非必要的戰爭絕不介入。她擅於外交，政治問題政治解決。有智慧的領袖明白一談不攏就打打殺殺，受害的只是人民。

伊利沙伯一世統治英國的44年間，國家穩定繁榮。如此一位千古風雲人物，誰會料到她最後居然死於蛀牙？這位女皇愛吃甜，牙齒日漸泛黃，便做了當時流行的牙齒美白——研磨牙齒表面再塗上硝酸。結果牙齒變得脆弱，更容易蛀牙。伊利沙伯七十歲辭世時只剩幾顆黑牙，據說死因是蛀牙令細菌入侵引發敗血症。

當愛情來了

有天我收到一位男讀者的電郵，
把女朋友形容得像聖母瑪利亞，
來信想我幫手求婚⋯⋯

網上曾瘋傳一個外國小女孩打針的影片，她害怕得尖聲怪叫，歇斯底里，語無倫次。不少朋友給我傳來這段影片，順道揶揄一下：「是你嗎？」

我自小就非常害怕打針。有次做身體檢查，我因為太驚抽血，量血壓時竟然爆錶。Philip 無法理解我的恐懼，「有什麼好怕？」「痛啊！」「不過一秒鐘的事，蟻咬一樣。」「針刺穿皮膚的感覺好恐怖！」「但這怎麼說都不過芝麻小事呀！」這傢伙卻絕口不提自己害怕滴眼藥水。對我來說，滴眼藥水比打針小事得多呢，滴眼藥水又不痛的，Philip 卻說「眼巴巴看著有東西『入侵』我的眼睛好可怕」。世上有些恐懼沒有邏輯，而每個人對「小事」的定義也不一樣。

我對打針最原初的記憶是兩歲那年患了感冒，其實
並不嚴重，醫生卻問我（是的，他問兩歲的我）選擇
服藥還是打針。我喝過藥水覺得臭，對打針卻沒有
概念。一個肯定難受，另一個不知是否難受，我決定
賭一鋪，結果針刺在屁股上痛得大叫——中伏了。

後來我發現痛與不痛，關鍵在於醫護的手勢。我試過
痛到眼前一黑，也試過打完都不知道（但依然驚到靈魂
出竅）。優秀的醫護人員有同理心，溫柔一點，對病人
的影響有天壤之別。

我的一位男讀者因為在醫院打針時完全不痛而對女護士一見鍾情，現在兩人已結婚生子，十分恩愛。為什麼我會知道得這麼清楚？有天我收到一位男讀者的電郵，把女朋友形容得像聖母瑪利亞，來信想我幫手求婚，原來她的女朋友是護士，喜歡看我的書。他請我幫忙寫一封信，求婚時拿出來給女朋友驚喜，結果大成功，婚後還抱孩子來我的新書分享會。

當然，我的信純粹為這場盛事增添一點趣味，求婚成功是因為女神遇上 Mr. Right。當愛情來了，就會連最恐怖的事都在一瞬間變成最甜蜜啊。

美女的人生目標

因為生得靚，
多了一條路揀，
便揀了輕鬆搵快錢的路，
反而那些不漂亮的女孩
自小就明白必須靠自己，
沒有男人可以倚靠。

半年沒見 Irene，今天見她神采飛揚。我呷一口 Earl Grey，微笑著問：「好事近啦？」

她往我肩上推了一把。「別像我阿媽那樣老是問我幾時結婚好不好？女人開心也不一定因為愛情。我這份新工做了四個月，同事們都很好，比之前那份工開心多了。」

我最愛聽別人的職場故事，但開始講故之前，先點菜。最怕有些人一坐下來便嘩啦嘩啦說個不停，等你講完才點菜都餓死了。沒想到 Irene 比我還要敏捷，她一邊高速掃瞄菜牌，一邊召喚侍應。時代女性就是這樣，一秒都不會浪費。我喜歡 Irene，性格爽朗，工作起來全情投入，也是一個有原則的女人。

等待食物期間就是談天的好時機。才半年沒見，我們要 update 對方的事情太多了。自從大學畢業以後出來工作，感覺就好像跑上了一條高速公路，不知怎的總是忙忙忙。什麼時候開始我們變得如此「日理萬機」？錯過了多少與朋友相聚的機會？不想再錯過的話就約出來見面吧，不要老是在 WhatsApp「哦」「吓」「哈」。

「現在這家公司的 CEO 是一位將近五十歲的女士。」Irene 說。「老實講，起初很怕女上司，你知女人幾麻煩啦，情緒化又小器，有些還是心理變態的。但今次我行運呀，這位女 CEO 行為正常，情緒穩定，簡直是我的女神。」

見 Irene 對「女神」的要求低到如此地步，就知道她以前遇過的女上司有幾恐怖。她想了一下，又說：「其實也不只女上司，有時女下屬更可怕呢。你知道我為什麼離開之前那間公司嗎？就是因為一名女下屬。

啊⋯⋯說起來你也應該見過她的，記得有次我和她一起出去開會，剛巧在太子大廈碰見你，因為下起大雨，我們三人還一起站著聊了十分鐘等待雨停。」

「啊，就是那個女孩嗎？我當然記得她，長得簡直就像仙女下凡嘛。如果代表香港去參選世界小姐，應該可以打破香港每次都做炮灰的命運。」

「是的，那女孩的確非常漂亮，每天給她送花的男孩多不勝數，下班時總是有人駕著靚車在公司樓下等她。我想她也很清楚自己的強項吧，對男上司瘋狂撒嬌，對女上司視若無睹，平日在公司懶洋洋滑手機，做一份簡單文件都錯漏百出，下午三點後居然偷偷拔掉電話線，讓客人找不到她！那時的老闆是個五十多歲的大叔，被她迷得神魂顛倒，雖然已經有老婆仔女，但我想有家室這一點並不會改變男人好色的天性吧。」

「你終於發現女上司也有她們的優點啊？」我笑說。這時食物送來了。我們點了 Parma Ham 和半打生蠔，在主菜送來以前，我們繼續聊著那位性格崩壞的「仙女」。

「後來她怎麼了？你辭職後，好色大叔有沒有升她坐你的位置？」

「那女孩才不稀罕呢，她早就搭上富二代了。」

「好堅定的人生目標。」我讚歎。「還記得那次避雨的時候一起聊天，那女孩對答如流，好醒目。我想她就算不出賣色相，要是認真工作也有可能闖出一番成績。有時做人都幾諷刺，因為生得靚，多了一條路揀，所以便揀了那條輕鬆搵快錢的路，反而那些不漂亮的女孩自小明白必須靠自己，因為沒有男人可以倚靠。」

「我們既要靚，也要靠自己。」Irene 開朗地笑說。是的，做女人就是要這種態度。

淚水流過

由國際巨星到露宿街頭，
這位西方樂壇史上
第一美人的一生再次印證了
「性格決定命運」。

要是你問我誰是西方樂壇史上第一美人？我會說，前無古人後無來者，就是 Marianne Faithfull。但如果要用一個詞語去形容她的一生，又太難了，該說璀璨？唏噓？蠢？忠於自己？只能說，再次印證了「性格決定命運」。

這位 60 年代紅到發紫的巨星，17 歲就憑一曲 *As Tears Go By* 風靡全球。歌詞講一個寂寞的女人看著孩子玩耍，微笑卻不屬於她，財富買不到一切，淚水流過，她默默聽著雨水灑落的聲音……

這樣的歌詞應該由 50 歲的女人去唱吧？卻被這個少女唱得驚艷全球。Marianne 的聲線獨特，羞澀、單純、帶著淡淡哀愁， 那雙眼睛彷彿可以看穿你的靈魂。她唱這首歌時很少笑，但一笑就像花開似的，整個世界都跟著笑。她是 60 年代 fashion icon，前額那排厚而凌亂的瀏海已成經典，最愛到巴黎跳蚤市場尋寶，以超高班的品味將長靴、斗篷、領巾、皮革等混搭成讓人怦然心動的美麗圖畫。

Marianne 的歌聲唱進人心，也許因為她只是單純地唱歌，毫不費力也毫無修飾，但也正是這種未經社會琢磨的坦率成了她致命的一擊。她 19 歲結婚，六個月後生仔，不久就帶著兒子離開丈夫，跟滾石樂隊主音 Mick Jagger 同居。Marianne 開始吸毒，過起浪蕩狂野的生活，這段戀情四年後告終。

Mick Jagger 有八個孩子，分別由五個女人所生，第八個孩子出生時他 73 歲。吸毒令 Marianne 事業插水，聲帶永久受損，她曾露宿街頭，也試過自殺，整段二十幾歲的青春年華就這樣度過，直到 33 歲捲土重來，但那時她的聲線、美貌、青春已一去不返，眼神好像受了永久的傷，昔日的光彩連影也看不出來。幸運的是觀眾仍接受她，Marianne 憑一曲 *Broken English* 成功突圍。不是每個人都能有第二次機會。

40 歲那年，Marianne 再次灌錄了《淚水流過》，以一把在聲帶受傷後更低沉、磁性的聲音，唱出了人生的蒼茫，她卻沒有後悔。

153

有經歷的人

我從來不敢質疑人類「撞脣」的理由。
你驚訝「超無聊」、「吐小事」
都可以撞脣？
當事人卻等了三生三世就等這一刻，
單是我聽過愛上Uber司機
的女人就超過十個。

韓國大導演朴贊郁作品《分手的決心》在康城獲最佳導演獎。朴導著名的「復仇三部曲」超好看，給觀眾帶來巨大的視覺和情感衝擊，《分手的決心》卻內斂隱秘，是一部「連手仔都未拖過」的情慾片，回歸兩個人之間最基本的互動交流。

片中用了很多隱喻來呈現男女主角複雜的內心世界，有觀眾說第一次看不明白，還特地看了第二次。其中很多人不明白為何男主角會愛上女主角，朴海日飾演的明明就是冷靜高尚的已婚刑警嘛，怎可能會在審問時愛上湯唯飾演的殺夫嫌疑犯？我覺得這倒很容易理解——索、靚、身材好，還需要解釋嗎？兩人在審問室一起吃飯，然後動作流暢地合力執拾檯面，那份不言而喻的默契在二人之間形成了一種親密感。「不正常」的反而是搭上美女之後竟然不上床，跟感情淡漠的妻子卻不缺房事。

我從來不敢質疑人類「撻著」的理由。你驚訝「超無聊」、「咁小事」都可以撻著？當事人卻等了三生三世就等這一刻。單是我聽過愛上 Uber 司機的女人就超過十個，司機做了什麼令女乘客在一程車就神魂顛倒？「小姐，需要紙巾嗎？」「冷氣會不會太大啊？」對一個缺乏關心、渴望愛的女人，簡單一句足以淪陷。大概每個人內心都有個缺口，一旦擊中，再強的人也會言聽計從。

戲內湯唯擊中了男主角內心的缺口，令刑警心甘情願幫她脫罪，千算萬算卻沒料到的是她竟墮進了自己設的局，不知不覺愛上了朴海日，因為這個女人忘了一件事──她的內心也有缺口。

兩個帶著深深傷痕的人，遇上了，在彼此身上得到了慰藉。

一般人不喜歡住在大霧的地方，這兩個人卻刻意走入霧中，在霧裏可以隱藏眼淚。就如導演所說，這部電影是拍給有經歷的人看的。凡是有了一點經歷，誰的內心沒有缺口？

女人，
灑脫一點吧！

別浪費時間抱怨，
要把有限的時光
花在有質素的人和事情上。
在任何人際關係上拖拖拉拉，
只會拉低你的 quality of life。

一位女讀者每年生日都會給我寫一封電郵，連續七年，內容幾乎一樣都是訴說她戀上有婦之夫，卻因為生日剛巧是平安夜，男人當然要陪老婆仔女，於是她每年生日都形單隻影，躲在家中一邊哭一邊給我寫信。

老實講，我連續回了七年信而她仍絲毫沒有改變，其實她也並不真的需要我回信吧，只是找個樹洞而已。什麼是「quality of life」？好簡單，就問一句，你快樂嗎？痛苦有兩種，一種無得揀，一種有得揀。比如患病並不是自己揀的，做七年情婦卻是自己選擇的。疾病固然是巨大折磨，但只要記住眼前的折磨並非自己的錯，再大的痛苦也不會包含罪疚感，有些人甚至會漸漸覺醒「既然我無法改變患病的事實，那不如改變自己的態度吧」，因而變得內心強大，不會浪費時間抱怨，反而懂得把有限的時光花在有質素的人和事情上，這就是「high quality of life」。

明明有得揀，卻偏要選擇死纏爛打。如果這樣很快樂，就不會七年來生日都寫信給我吧。

認清是否有得揀，並且當機立斷很重要。戰國時代，秦王派使者去給齊國王后送一件禮物，是一串用美玉打造成的小環，玉環一個扣一個，總共九個連成一串。秦王故意羞辱齊國，命使者對王后說：「你們齊國人不是很有智慧嗎？把這九連環解開來讓我開開眼界吧。」王后不慌不忙，用錘子「啪」一聲將九連環砸碎，淡淡然說：「看，解開了。」秦國使者當場嚇到面青，這王后完全不給秦王面子，心想難道齊國真如此勇悍？此後秦有一段長時間都沒有侵擾齊國。

足以左右國家興亡的外交決定，王后尚且撒撒脫脫。一個女人決定自己的前程，難道就不能瀟灑一點嗎？

Bromance 與 Sisterhood

女人之間可以非常親密，
任何隱秘都可以分享；
同時又暗自比較嫉妒，
緊急關頭卻義無反顧保護對方，
同仇敵愾。
男人之間的bromance則完全不同，
心照就好，
不斤斤計較，直接坦率，
大不了隻揪。

人生勝利組惹人羨慕，但有時失敗者的故事更加引人入勝。

不少劇集和電影的女主角其實都是一群 losers：
GLOW 那些失業潦倒的女演員，*Orange is the New
Black* 的女囚犯，*Anne with an E* 那被世人看不起的
小孤女，*Stranger Things* 那走投無路的單親媽媽，
Grace & Frankie 的丈夫們「中途轉 gay」搭上彼此而
拋棄妻子⋯⋯女人的力量正是在逆境中彰顯出來，
就如 Eleanor Roosevelt 的名言：「Women are like
tea bags. You never know how strong they are
until they're in hot water.」

GLOW（《華麗女子摔跤聯盟》）和 *Orange is the New Black*（《勁爆女子監獄》）是同一個製作班底，同樣以女性為主題。*GLOW* 改編自 80 年代的同名節目 *Gorgeous Ladies of Wrestling*，這個節目顛覆了摔跤只能由男性參與的傳統，講述一名失業女演員 Ruth 和十幾個潦倒的女演員一起奮鬥，參加電視台女子摔跤節目。這群烏合之眾對摔跤一無所知，每個人都有自己的過去和包袱，卻憑著對演戲的熱誠團結起來衝破難關。

女主角 Ruth 生命力超強，為了爭取一個演出機會可以放下尊嚴，不介意做小丑、當反派，踩低自己去抬高對手 Debbie 為英雄。諷刺的是 Debbie 在台上台下都極度憎恨 Ruth，因為她們原本是最好的朋友，Ruth 卻跟 Debbie 的老公偷情。那 Ruth 為什麼要出賣好友？當她一無所有的時候看見 Debbie 擁有幸福家庭，一股莫名的妒火湧上心頭，就做出蠢事了。

女人之間的 sisterhood 就是這麼複雜，一方面親密非常，任何隱秘的事都可以分享；一方面又在暗自比較，互相嫉妒，但到了緊急關頭卻會義無反顧保護對方，同仇敵愾。男人之間的 bromance 則完全不同，心照就好，不斤斤計較，直接坦率，大不了隻揪。

這些美劇也充滿了隱喻：*GLOW* 的摔角擂台就是人生舞台，擂台四邊的環就是人生的各種限制，觀眾會有共鳴，因為每個人都有自己的擂台；在 *Orange is the New Black*，監獄則象徵女人一生遇到的枷鎖。在所謂「男人戲」當中，主角常常是英雄，男人是做「大事」的，女人卻時常在關鍵時刻發揮了微妙作用，例如 *GLOW* 有一幕講摔跤節目爛尾，眾人不知如何收拾殘局，沒想到其中一名女演員突然衝上台 rap talk，十分騎呢，但其他女演員陸續加入一起 rap，氣氛就炒熱了，觀眾一起跟著鼓掌打拍子，將節目推上高潮。只要觀察一下四周，就會發現男人跟女人解決問題的方式往往不一樣呢。

女追男
是否太 cheap？

有女生第一次見
就兜口兜面問對方：
「你有女朋友嗎？
你想不想結婚？
打算生多少個孩子？」

有天突然收到這個訊息：「有沒有男人可以介紹給我？我三十歲了，好想結婚呀！如有男人介紹請立即與我聯絡！」

我以為又來電話騙案，後來跟朋友們吃飯聊起這事，才知原來大家都收到同一個訊息。「那不是騙案，是K小姐發來的呀。」席間一位朋友說。我想了很久K小姐是誰，終於想起我上次再上次打工那間公司的一位女同事，當時並不熟絡，後來更完全沒有聯絡，她竟然翻出電話簿裏的所有人，我不是開玩笑，的而且確是所──有──人，由秘書、茶水阿姐到CEO，她都發了這則訊息，大家都覺得好詭異。

常有讀者問我女生應否採取主動？女追男是否好cheap？是否即使追到，男方也會覺得這女孩不矜貴而不會珍惜？

我認為女生可以採取主動，但「主動」不是像恐怖份子，大喊一聲「衝呀！」殺出去見男人就擒。我真的見過有女生第一次見就兜口兜面問對方：「你有女朋友嗎？你想不想結婚？打算生多少個孩子？」也有港女第一次見就問「你有冇樓？」「你幾錢人工？」，但我今天不討論那種沒出息的女人，讓我們集中談那些真心誠意想找男朋友、只是用錯方法的女生。

人與人相處有所謂 etiquette，一些基本禮節。要是第一次見面，三唔識七就查家宅，會令對方感覺（或誤會）這人是帶著「目的」和「企圖」去交朋友，難免惹人反感吧，即使這「企圖」不一定是貪對方有車有樓，而是誠心想找一個背景相近、合得來的伴侶，這種過於急進的攻勢還是會把男人嚇跑。

當然，光是守株待兔，歲月也許就這樣一天天流逝，最後只能孤獨終老了，想到這裏不如豁出去，給全人類發個訊息賭一鋪，面子實在顧不得那麼多了。但試想，假如有男士對她感興趣，得知她向全宇宙徵友之後還敢約會她嗎？

女生遇上心儀對象該怎麼辦？我贊成行動，但別抱期望，因為一有期望就會用力拼，太用力往往適得其反。不妨邀請他喝杯咖啡，或按大家的共同興趣（例如行山）去安排一次活動，但要是一兩次後他沒再找你，或更常見的是說會找你卻沒有，那就太明顯了吧，別再浪費時間在此人身上了。

Keep 住靚，開拓新興趣，眼界闊了，也會認識更多人，即使沒有遇上戀愛對象，識到新朋友不也值得開心嗎？

流言

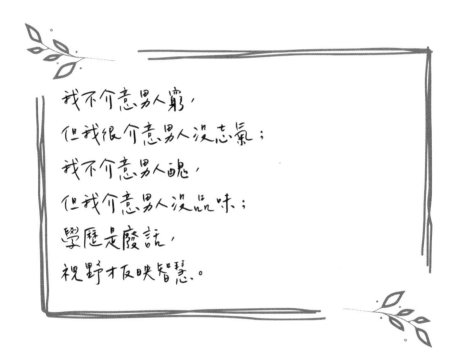

我不介意男人窮，
但我很介意男人沒志氣；
我不介意男人醜，
但我介意男人沒品味；
學歷是廢話，
視野才反映智慧。

我最厭惡怎樣的男人？

我不介意男人窮，但我很介意男人沒志氣；我不介意男人醜，但我介意男人沒品味；學歷是廢話，視野才反映智慧，更重要的是遇見這樣的男人速逃——操控慾強，心胸狹窄，疑心重，在外面是 loser 因而抓住機會欺凌比自己弱小的人，包括自己的妻兒，打老婆的男人都很自卑。

Rachel 信錯人，嫁了渣男，她在生不如死之際遇上另一個男人 Andrew，他不是普通人，而是 Andrew Jackson，後來成為美國第七任總統。那是美國的牛仔年代，流行開槍決鬥。Andrew 是貧苦孤兒，靠自己努力奮鬥讀書，當過倉庫管理員、律師、檢察官，曾任少將，於「新奧爾良之役」打敗英軍，競選議員、州長、總統。

兩人相遇的時候，Andrew 是律師，Rachel 是有夫之婦，兩人唯有把愛情藏在心裏。渣男是個疑心極重的操控狂，不准妻子跟異性交談，自己卻跟女傭通姦，整天喝酒，動不動就懷疑老婆出軌將她趕出家門，過一陣子又會去娘家懇求老婆原諒，誓神劈願改過，妻子回家卻驚見丈夫肆無忌憚與女傭調情，連家婆都同情新抱，鼓勵她寫信請娘家接她回去，最終卻是看不過眼的 Andrew 騎著馬來救她離開。

Rachel 擔心橫蠻的丈夫會找 Andrew 決鬥，家婆卻說不用擔心，我的兒子沒這個膽量，他之前也老屈自己的表親與 Rachel 有染，聲言決鬥，卻臨場鬆人。

Rachel 同渣男離婚，跟 Andrew 結為夫妻，卻無法白頭到老。政敵羅列他的「罪狀」——14 次毆鬥、開槍、用刀斬人，大部分都因為他無法忍受妻子受到侮辱。流言蜚語將二人抹黑成姦夫淫婦，但他們堅持信念，Andrew 終於成功當選總統。趕赴華盛頓就職前夕，Rachel 試穿完禮服在酒店房內休息，聽到門外兩個女人談話。

「一想到那個又矮又胖、毫無文化的鄉下婆成了第一夫人，我就毛骨悚然！」

「呵，夫人？你稱她夫人？」

「那麼，就像報上常說的那樣，白宮將出現一個蕩婦？」

這幾句話像一把刀直插 Rachel 的心。她昏倒，全身癱瘓然後離世。

Andrew 孤身走進白宮，也許他是美國史上最癡情又最孤單的總統。

一位母親的來信

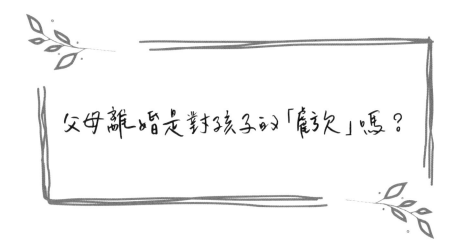

父母離婚是對孩子的「虧欠」嗎？

一位女讀者寄來電郵，訴說丈夫不斷出軌，她長期
啞忍，直至小四找上門發癲，那個廢男竟躲了起來，
讓老婆出去收拾殘局，打發小四，經這一役她才決心
離婚，卻為婚姻失敗感到自卑，也覺得讓女兒在破碎
家庭長大是極大虧欠，問我該怎麼辦。

我讓這位母親看看 YouTube 一條影片，是 Mill MILK
頻道採訪花園街一家五口三代生果家族，17 歲的
「二公主」漂亮開朗，落力叫賣，力量型的大家姐勤奮
踏實，可愛細妹放學也會來排檔幫手。

一家就住在花園街，每天工作 20 小時，母親四點起床，
五點落果欄買貨，全家合力把前一晚存放在家中雪房
的生果搬落檔口，生果當然超級重，而她們還是一箱
一箱地搬。父親下午兩點半接力，工作至凌晨 12 時，
同樣得花上幾小時將排檔所有生果搬回家。

二女同老竇好老友，兩人在十分鐘內把午飯塞進嘴裏，記者問她為何這麼趕，少女說：「我愈遲回去，阿媽得一個人就愈辛苦！」正在讀大專的她也會趁兩堂課的空隙幫父母送果籃。

生果檔全年無休，小時候爸媽忙透了，同學們都有父母接送，她們沒有。別人放假一家去玩，她們放假全家一起落檔口幫手。二女年紀輕輕已準備好繼承家族小店，她說小時候同學們的父母是醫生律師，她的父母卻是小販，長大後懂事了，覺得父母做小販不知多好，還可以請同學食生果。

這家孩子自小就要幫忙幹粗活，父母也沒時間陪伴，何以能養出三個孝順、勤奮、懂事的女兒？一家何以能如此齊心融洽？因為這對父母勤奮踏實值得小孩尊重，加上命好得到善良孩子投胎來家中。就算父母有錢有地位，如果做壞事，孩子要麼學著變壞，要麼瞧不起父母。

「榜樣」跟有沒有錢、有沒有時間陪伴、是不是完整家庭都沒有關係，小孩是要看著父母如何抬起頭做人，跌倒了怎樣站起來。我希望這位來信的女讀者明白，父母離婚不等於對孩子虧欠，可是讓孩子目睹父親無論做錯什麼都沒有後果、看著母親無論受到何等不公平的傷害都不會反抗、看著母親除了哭就什麼都不會做，這對女兒才是虧欠。

INSIGHT

世上任何一個女兒需要的都是母親自愛自強的榜樣。阿媽堅強，女兒就會堅強，就這麼簡單直接。

年齡是愛情的
障礙嗎？

這位才華橫溢的少女
為大叔墮胎，跟全家翻臉，
被送入精神病院關了三十年，
直至79歲離世。

有讀者問我如何看年齡相距很遠的戀人，爺孫戀、母子戀之類。

我認為問題不在於年齡差距，而在於較年輕那位有多年輕。三十歲跟五十歲結婚，或四十歲跟七十歲結婚，只要兩情相悅，有什麼問題？人到中年，不能說不清楚自己在做什麼，為自己的選擇而負責就是了。

但如果較年輕那位是少女，而另一位是大叔呢？當然，理論上也可以是大嬸配小鮮肉，只是在我認識的人當中沒發生過。我見得最多的是已婚大叔對妻子失去興趣，遇上少女頓感回春，不只因為少女的外貌肉體充滿生氣，更因為少女天真純潔，未遇過騙子，大叔只要稍為炫耀一下工作和處世經驗，聊一下類似人生哲理的話題，少女就會覺得他勁到前無古人後無來者。年少時誰都試過迷茫，有個年長的人出來「教」你，很容易就會以為他很厲害。年紀漸長的男人很需要被崇拜（我指欠缺自信的男人），老婆對他的一切瞭如指掌，還有什麼崇拜的餘地？

法國女雕塑家 Camille Claudel 的才華和美貌曾讓她顛倒眾生，鼎鼎有名的作曲家 Claude Debussy 也是她的裙下之臣。可惜美人於 19 歲繁花之年栽在比她年長 24 歲的已婚大叔手上，那就是雕塑家羅丹（Auguste Rodin）。

她是羅丹的模特、助手和靈感女神。美人為大叔墮胎，跟全家翻臉，被送入精神病院關了三十年，直至 79 歲離世，她的悲劇被拍成電影《羅丹的情人》。大叔一邊哄著這位情人，另一邊卻不肯離開老婆，但其實他也沒有同「老婆」註冊結婚，或許太喜歡做無腳雀仔吧，直至「老婆」七十多歲時患上絕症，時日無多，羅丹才勉為其難跟她註冊，讀誓詞時萬分委屈，主禮人催促才答「我願意」。

如果 Camille Claudel 在 39 歲（而不是 19 歲）那年遇上這個男人，她還會中伏嗎？若然答案仍是 yes，真係恭喜曬。

男人的教訓

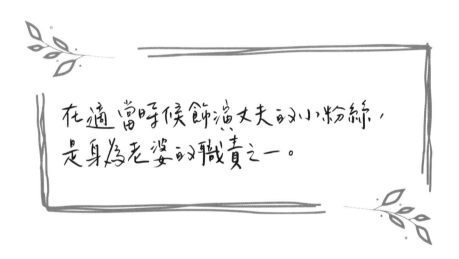

在適當時候飾演丈夫的小粉絲，
是身為老婆的職責之一。

男人無論幾多歲，其實都跟小學生一樣鍾意認叻。有些會在同事或朋友面前吹到天花亂墜，有些則會回家在老婆面前吹水。在適當時候飾演小粉絲是身為老婆的職責之一，她的職責也同時包括在丈夫鬆毛鬆翼得過了頭時喝停他，以免丈夫變成笑話。

一位 uncle 同老婆「講故」，嘲笑以前的皇帝無能。「你知道晉朝有個皇帝叫司馬曜嗎？哈哈你不知道吧！他就是東晉第九位皇帝孝武帝，皇帝之中他本來都算幾醒，不但從太后手中奪回大權，還擊敗前秦大軍贏了淝水之戰，陸續收復黃河以南的所有領土，擴大自己的地盤，巴閉呀！（王迪詩按：淝水之戰其實主要是名臣謝安的功勞，東晉僅以七萬軍力大勝號稱八十萬大軍的前秦，是中國史上著名以少勝多的戰例。）

Auntie 見丈夫如此努力地背誦維基百科的資料，也適時作出鼓勵，識趣地裝出一副「好心急想聽下去」的樣子，於是 uncle 繼續眉飛色舞說下去：「那時士族門閥好霸道呀！但這個皇帝醒目，他看準了士族青黃不接，唔等啦！就攻它一個落花流水！終於恢復了司馬氏皇權，成了一位難得的強勢君主！」

說到這裏，auntie 跟足劇本接下去：「嘩，好犀利呀！」Uncle 非常興奮，猶如講自己的威水史一樣，續說：「哈，現在我就要話鋒一轉，告訴你這個一代明君做了什麼蠢事！」Auntie 因為夠鐘煮飯，用眼角瞄了一下手錶，老公立即問道：「你到底想不想聽？」

Auntie 再度展示「很心急想聽下去」的樣子，uncle 滿意地說：「這個司馬曜是有點本事，卻是一個酒鬼，飲大兩杯就胡言亂語。有次他同張貴妃飲得好 high，就開玩笑說張貴妃都差不多三張，顏值急跌，又沒生孩子，明天就廢了你，另找個年輕貌美的。張貴妃一聽，又怒又怕，竟起了殺心！她把皇帝的隨從都灌醉了，召來心腹宮女用被子將熟睡中的皇帝活活焗死，可憐這個多口仔死時才 35 歲呀！本來張貴妃一定遭大刑侍候，但當時執政的官員正是被這個皇帝打壓的門閥貴族之一，正中下懷，司馬曜的死便不了了之，誰會料到一代明君竟因為一句戲言而死在老婆手上！」

Auntie 瞥了老公一眼，平靜地問：「這個故事教訓我們什麼？」

Uncle 放到嘴唇邊的酒杯突然止住，以笑遮醜打算蒙混過去。

「飲完一杯又一杯，你當我死㗎？」然後 auntie 花了半天深入講解這個故事的教訓，uncle 非常後悔自己多口。

納妾

菲自己的女人最幸福，
不會被男人操控情緒，
更不需仰仗男人的慷慨去生存。
我愛笑就笑，
哭就哭，
買手袋就買手袋。

對我那位經常出現在《蘭開夏道》的朋友 Katie 來說，在中環上班最（或唯一）值得期待的活動就是講是非。出糧當然也值得期待，但除非公司倒閉，不然每個月定時定額支薪也無甚驚喜。講是非就不同了，材料日日新鮮，就像煲劇。重點是醜聞並不發生在自己身上，隔岸觀火最過癮。

這天 Katie 一坐下即急不及待分享八卦消息：「A 先生和 A 太太有一子一女，但 A 太太跟 B 先生有一腿，而 A 先生也跟 C 小姐生了孩子，B 先生的老婆也知道 A 太太的存在，並默許。C 小姐的男朋友 D 先生早年跟 A 先生在 gay bar 認識，兩人曾同居一段日子，換句話說 D 先生和 A 先生都是雙性戀⋯⋯」

她見我一臉迷茫，隨手拿一張便利店的收據在背面畫關係圖，工作還不見她這麼認真。

「總之就是 ABCD 一家親吧。」我沒好氣地總結。

Katie 拍一下檯說：「Exactly！ABC 甚至帶著各自的孩子住在一起。」這算不算實現了世界大同？

古代實行一夫多妻，但無論古今，我不相信有多少女人心甘情願跟其他女人分享自己的丈夫，例外倒是有的。宋代名妓聶勝瓊不只貌美，還才情橫溢。當時有個小官李之問在長安任期屆滿，去妓院 relax 一下，看見聶勝瓊驚為天人，二人撻著，如膠似漆。老婆寫信催促李之問回家，聶勝瓊心如刀割，百般挽留下，男人又住了一個月。老婆覺得奇怪，新任命書已發下多時，為何丈夫仍遲遲不回來接家眷上任？哈，男人不回家還會有什麼原因？一是不想見到老婆，二是外面有其他女人。

李之問終於離開的時候，聶勝瓊哭得死去活來，幾天後給情郎寄出她寫的詞《鷓鴣天》：「玉慘花愁出鳳城，蓮花樓下柳青青。尊前一唱陽關曲，別個人人第五程。尋好夢，夢難成。有誰知我此時情，枕前淚共階前雨，隔個窗兒滴到明。」正在回家路上的李之問收到詞箋也不捨佳人，但眼前還有大好仕途，為名妓贖身又所費不菲，算吧。

回到家裏，老婆在他的書箱發現那封詞箋，李之問承認戀上青樓女子，這位人妻居然變賣自己的嫁妝拿錢去為老公的情人贖身！為的是成全丈夫，也欣賞聶勝瓊的文采。雖說古代女人千依百順，但這會不會寬宏大量得過了頭？可幸的是聶勝瓊也識 do，用心侍奉「姐姐」，一家樂也融融。

丈夫有外遇，對女人來說是生命中永不磨滅的傷害。但有時最 hurt 的不是老公有外遇，而是他竟然這麼 bad taste 選那種貨色作為偷情對象，那意味著我揀老公的眼光太差，對女人來說是一種侮辱。如果小三有聶勝瓊那麼高質素，正室條氣反而順。問題是，我從未聽過小三會寫詩。

香港承襲古代風俗，以前有錢人可以三妻四妾，到 1971 年才立例禁止納妾。那時還流行納妾儀式，正室會爬上一道梯（重點是站得比妾高，輸人不能輸陣，攞個彩以後壓在你的頭上！），並在門口高高掛上大婆的褲子，讓妾擔著兩桶水「捐褲浪」，從此一班女人困獸鬥，又不能出外工作，悶在家中除了爭寵和鬥爭，實在沒有別的事情好做。一切都源於舊社會的女人沒有賺錢能力，沒有錢就沒有 say，連吃頓飯都要看男人面色，一生困在牢籠。

我也不厭其煩地同各位女讀者講第 N 次：女人就算結了婚、生了仔也一定要工作。別以為結了婚等於上了岸，我見過不少人，那場渡海泳在結婚之後才剛剛開始呢。

靠自己的女人最幸福，不會被男人操控情緒，更不需仰仗男人的慷慨去生存。我愛笑就笑，哭就哭，買手袋就買手袋。

陪坐小姐

男同學們的WhatsApp群組
名稱是12個字的粗口，
也是他們背著老婆發洩
的唯一窗口。

除了我這種社交障礙末期的人，不少港女都喜歡放假相約一班姊妹吃飯聚會。同朋友見面很好，只是偶爾有些港女非要男友或丈夫陪同出席不可，講的都是女人嘢，男人老狗坐著未免顯得戇居。何況男人也有自己的朋友，放假有他們自己想做的事。我 Daisy 是人道主義者，坐監都要放風。

是的，我明白「富貴不還鄉，如錦衣夜行」。有 boyfriend 而不曬，豈不是好嘥？所以我們經常可以在 Facebook 看見情侶放閃，公開愛的宣言，有女生甚至在每個 FB post 都加上 hashtag #boyfriend。我只是好奇到底那些男人是否很享受當「陪坐小姐」，聽一羣婦女嘰嘰呱呱講是非和數落外傭。那些不在場的舊同學，誰胖了，誰搭上有婦之夫，誰的孩子考不入名校……只要缺席就會成為被談論的目標。有些港女無論如何都要出席姊妹聚會，並不是因為很想念這班姊妹，而是為了不想被講。

然而我經常提醒自己不要把主觀想法加諸在別人身上，我覺得這些男人當陪坐小姐很慘，當事人卻可能感到十分幸福，每逢週末都有機會了解婦女的內心世界，聆聽她們的怨憤，從而優化自己，搞不好還可能幫助男士得道，達至 Maslow 那個三角頂層「self-actualisation」。

我心中忽然湧現了一股探索社會科學的熱誠，於是我問男性朋友 A：「經常看見你在 Facebook 刊出和女朋友一班姊妹的聚會照，你每逢 weekend 都參加這些活動，想必讓你充滿期待吧？」沒想到他竟怒瞪著我，眼神相當兇殘。他點起一根煙，平日在家裏不准抽煙，所以一在外面就拼命抽。他把手機遞給我，是 WhatsApp 群組的對話，組群名稱是 12 個字的粗口，那是他們一班中學男同學開設的組群，我略略看了對話，來來去去只有兩種內容：一、鹹濕笑話。二、抱怨週末又要去當陪坐小姐。我很抱歉問了這個勾起他傷心事的問題，但也怪不得我吧，我鬼知那是他的瘡疤？看他平日放在 Facebook 的甜蜜照片，我以為那是他的小確幸呀。

我將手機遞回去，他深深地抽了一口煙說：「若不是有這些 WhatsApp 群組，好多男人已經斷咗線。」

我這個不知死活的女人，居然繼續抱著獵奇心態去問另一個男人 B 先生。「如果我老婆只要求我在週末陪她出席姊妹活動已是皇恩浩蕩了，真正恐怖的是她經常接待外國朋友來家裏住，新加坡、台灣、日本、美國、加拿大⋯⋯她以前旅行認識的女生、移民去了外國的舊同事、舊同學⋯⋯這些女人通常跟她們的男朋友同來，有時還會和父母親戚闔家來寄居，唉，屋又細，得一張床，讓了給她的朋友睡，我老婆睡梳化，我就打地鋪，她簡直將屋企變成了賓館！其實她跟那些所謂朋友並不很熟，但我知道她想什麼啊，我們去旅行時就理所當然地住在外國朋友的家，酒店錢就可以省下來了，我話算啦老婆，難得去旅行，舒舒服服住酒店吧。但你知啦，女人總是斤斤計較，常說省著點錢可以買樓，現在已經買了樓，她又說要省錢為孩子將來，沒完沒了！」

在我認識的男士當中，C先生在 Facebook 放最多陪老婆姊妹聚會的照片，大家都留言稱讚：「嘩好恩愛！」「嘩好錫老婆！」「嘩兩公婆去邊都一齊真係比翼雙飛！」於是我問：「陪老婆去姊妹聚會感覺好幸福吧？」他望了我一眼，似乎想打我，我夾著尾巴逃走。

調查完畢。

各位男士的聲音我已經聽到了，本人無法提供任何協助。Good luck！

辦公室戀情

透過中環女秘書
的WhatsApp group，
消息傳得快過光速。
就連「已婚信差疑似偷食
已婚人事部文員」都可以成為
打工仔生活中最刺激的消息，
只因上班真的很悶。

世上之所以遍地都是辦公室戀情，就是因為一個字——
悶。

每天上班對著同一夥人，重複著枯燥的工作，「已婚
信差疑似偷食已婚人事部文員」就成為打工仔生活中
最刺激的消息。透過中環女秘書的 WhatsApp group，
消息傳得快過光速。

在辦公室搞曖昧，最常見的手法無非是在目標人物
桌上放糖果咖啡和貼 memo 紙。「天涼了，記得多穿
衣服啊！」把這樣的手寫便條貼在心儀同事的電腦鍵盤
上，見對方捱老細罵了又貼一張「別理會那魔鬼上司！
我為你打氣啊！」再發幾個手機訊息噓寒問暖，只要
這人本身不算太乞人憎也不特別樣衰，要令一個人
「覺得」被寵愛實在容易得很，只用幾顆糖果、幾張
便條和手機訊息就行了。

我認識一位男士收到女同事的 memo 紙感到非常窩心，大讚對方溫柔細心，立即封為女神，後來竟揭發原來有四、五位男同事都收過此女的便條，「溫柔細心」頓時變成「漁翁撒網式收兵，居心叵測！」。其實想要「冷嗎？要不要把窗關上？」、「熱嗎？要不要調校冷氣？」，Uber 司機就能做到吧。誰叫你如此不耐寂寞？都怪上班太無聊啊。

韓劇《愛情的理解》（*The Interest of Love*）正是關於辦公室戀情。故事發生在銀行，男主角柳演錫愛上女同事文佳煐，可是男的擁有大學學歷，女的雖然美若天仙卻只是中學畢業。另一位富二代男同事則忍痛撇掉深愛的女朋友，只因對方家貧。學歷、出身在韓國很重要，我倒是見過不少高學歷的香港男人娶低學歷的老婆，最緊要年輕貌美。

這部劇談不上精彩，但柳演錫是實力非凡的演員，看他演戲是一種享受，高傲的女主角感到被瞧不起而拒絕了真心所愛的人，選擇跟自己「同級」的銀行保安員拍拖，也令人好奇她是否真的不會後悔。三個人都在同一家公司上班，再加迷戀男主角的女上司，四角戀在辦公室大概也不罕見吧，只因上班真的很悶。

又乖又聽話的
沒趣人生

43歲的她從未拍拖，
從未在理髮店剪髮
（從小到大都是母親在家
為她剪髮），
衣服由父母購置，
每天由老父湊返工。

我媽有個很大的優點，就是從來不會在飯桌上強迫我吃這吃那。「食埋呢件啦！」「食曬佢啦！」。飽到嘔還勉強吃下根本就無法 enjoy，這才是浪費，第一浪費了脂肪 quota，第二浪費了食物本應帶給人的喜悅。

小時候隔鄰住了一家三口，搬走以後還偶爾跟我父母聯絡，他們育有一名會按母親指令喝光最後一滴豉油的乖女兒。我媽也有天下母親的通病（well，no one is perfect after all），總是覺得別人的女兒比較孝順。「鄭太個女放假陪父母去旅行，真孝順啊！」「鄭太個女一放工就返屋企陪阿爸阿媽，好乖啊！」而我，當然就是飾演那個頭上頂著角的魔女。

到底這位在師奶界被捧為巨星的女兒是什麼來頭呢？她是獨生女，父親是中學副校長，母親是全職主婦，從小大力培訓女兒琴棋書畫，小學名列前茅，鄭太揚言女兒將來一定是 10A 狀元，或畫家，鋼琴家，經濟學家，準備拿諾貝爾獎，震驚人類。女兒亦不負所望考入名校中學，中五會考 1A3B，入了港大，畢業後在公營機構做 admin。

我寫這篇文章時，鄭太個女 43 歲，從未拍拖，也從未試過在理髮店剪髮（從小到大都是母親在家為她剪髮），上班和去街衫都由父母購置，不化妝不打扮。已退休的父親每朝早湊 43 歲的女兒上班，在車上用英語跟女兒對答，訓練女兒的英語會話。經常看見港媽跟五、六歲的孩子說港式英文，將港式口音牢固地植根於孩子的腦袋，當相同的場景發生在一個 43 歲女兒與老父之間，簡直學海無涯到有點超現實。

女兒任職多年的公營機構終於不再跟她續約了，她迫於無奈踏出 comfort zone 出去搵工，父母每次都陪著去見工，湊個女到公司門口，在街上等女兒做完兩小時筆試和面試，再湊她回家。我佩服到五體投地，此人竟然把小學雞生涯延續到 43 歲。

放假的時候，鄭太個女陪父母一同參加耆英旅行團、食蛇宴、聽粵曲，大家都說你個女好乖好孝順啊，其實她根本沒有朋友，待在家裏也是一個人。

「不過呢，有時太乖又好像不太好……」最近我媽居然變得好有見地，我作為女兒也感到安慰。我從鄭太個女身上看到港式父母親手譜出的哀歌，多麼孤單、沒趣的人生！43歲單身完全不是問題，但生活圈子怎能窄到只有父母，沒有朋友？她也沒有自己的喜好和品味，父母喜歡什麼她就喜歡什麼。有次聽見鄭太對女兒說：「好多男人好壞好恐怖……」，男人大概也會覺得這位鄭太「好恐怖」吧。43歲仍由父母湊返工，如果在公司傳開了，想升職都難。

有些父母最大「成就」是教出聽話的孩子，然而這些父母本身也不見得過著多麼精彩的人生，卻賣力地複製孩子成為父母2.0。

團圓

如今我這麼大個人了，
每次做重要決定時仍會問自己：
如果是祖父他也會這樣做嗎？
他會為我感到自豪嗎？

我因為寫了《鬼故》而認識了一些專門研究術數或靈異事件的朋友。其中一個我最常問他們的問題是——將來我還可以再見已逝的祖父母嗎？

若曾看過我出道的第一本書《王迪詩＠蘭開夏道》，會知道我跟祖母的感情多麼深厚，而雖然祖父在我出生以前就過世了，可是我從祖母和父親那裏聽到祖父為人俠義，是讓我神往的榜樣，總渴望有天能跟祖父母團圓。

當我問：「我還可以再見已逝的祖父母嗎？」每個朋友的回答都不一樣。有陰陽眼的「博士」（這位朋友在《鬼故》中的化名）堅定地答：「可以。」我已在《鬼故》詳述他說明的原因，不在此重複了。

另一位鑽研命理和靈修的朋友則說：「可以。但你得知道，爺爺嫲嫲已經完了。」我很失望，也很懊惱，既是完了，為什麼又說「可以」再見呢？「現在你不是仍在讀李白的詩嗎？」這位朋友說道。我失去耐性，聽過太多這種說法了，老實講，我覺得很「阿Q」，明明已經不可以再次跟祖母面對面聊天，不可以再次擁抱她，聽她的聲音，觸摸她那灰白微曲的頭髮，那算什麼團圓？

「為什麼你不可以試著想想，祖父母留給你的，永遠都會伴隨著你，而且已經成為你的一部分了。」

我聽過一位認識張國榮的娛樂圈人說，她到現在路經文華酒店仍會看見 Leslie 去世的位置旁邊有團白光。即是，他未走。太多人呼喚他，惦記他，本來人死了就應該 move on 去下一段旅程，卻因為太多牽掛而無法啟航。所以，人走了，該放手讓他去，輕輕鬆鬆，瀟瀟灑灑，或許我也應該學習以另一種方式去想念祖父母。

如今我這麼大個人了，每次做重要決定時仍會問自己：如果是祖父他也會這樣做嗎？他會為我感到自豪嗎？一個離世已久的人，大概不會料到半世紀之後，一個素未謀面卻跟他血脈相連的女子，做人處事竟深深受著他的影響。誰又能料到你今天所做的一切，竟然改變了一百年後的世界？

INSIGHT

有些人已經離開這個世界，他們留給我的卻已成為我的一部分，這成了我的一種新視角。我們以這種方式橫越時空，跟所愛的人團圓。

作者： 王迪詩

出版： 王迪詩創作室

設計： MF@mfcreative | findmfcreative@gmail.com

王迪詩
創作室

圖（封面）：Rusyn/Shutterstock.com

圖（內文）：
P.1 Designed by woodhouse84 (Image #1173694 at VectorStock.com), P. 2,3 Designed by rawpixel.com / Freepik, P. 4-9 Designed by vectorstock (Image #35146188 at VectorStock.com), P.10-13 Designed by YummyBuum (Image #45116663 at VectorStock.com), P.14 Designed by Godruma (Image #19092009 at Vectorstock.com), P.16-17 Designed by Macrovectorart (Image #41603329 at VectorStock.com), P.18 Designed by marukopum (Image #45290456 at Vectorstock.com), P.20-21 Designed by Undrey (Image #43528267 at Vectorstock.com), P.22 Designed by Goodstudio (Image #37637682 at Vectorstock.com), P.25 Designed by Krugli (Image #34712199 at Vectorstock.com), P.26 Designed by Rawpixel (Image #45264086 at Vectorstock.com), P.29 Designed by MaddyZ (Image #32517656 at Vectorstock.com), P.30-31 Designed by GoodStudio (Image #44989457 at Vectorstock.com), P.32 Designed by Filata (Image #21187165 at Vectorstock.com), P.34-35 Designed by Seamartini (Image #234727 at Vectorstock.com), P.37 Designed by natis76 (Image #6440972 at Vectorstock.com), P.41 Designed by lapesnape (Image #11365739 at Vectorstock.com), P.45 Designed by FortisDesign (Image #44680184 at Vectorstock.com), P.51 Designed by leonido (Image #784705 at Vectorstock.com), P.54-55 Designed by katrina199 (Image #44904480 at Vectorstock.com), P.58-59 Designed by YummyBuum (Image #38986667 at Vectorstock.com), P.63,127, 131 Designed by GoodStudio (Image #44989457 at Vectorstock.com), P.65,67 Designed by Amili (Image #23654503 at Vectorstock.com), P.71 Designed by Joseph-BK (Image #44057492 at Vectorstock.com), P.75,79 Designed by worldofdots (Image #34509554 at Vectorstock.com), P.84-85 Designed by Javvani (Image #38333746 at Vectorstock.com), P.88-89 Designed by Ngupakarti (Image #45813760 at Vectorstock.com), P.88-89 Designed by Natality (Image #21473484 at Vectorstock.com), P.93 Designed by kamenuka (Image #35959391 at Vectorstock.com), P.97 Designed by worldofdots (Image #34509554 at Vectorstock.com), P.101 Designed by linakadrova (Image #18024967 at Vectorstock.com), P.105 Designed by Giuseppe_R (Image #41439205 at Vectorstock.com), P.109 Designed by GoodStudio (Image #38973201 at Vectorstock.com), P.113 Designed by Seyyah (Image #2155116 at Vectorstock.com), P.118 Designed by kostins (Image #13716275 at Vectorstock.com), P. 120 Designed by Valenty (Image #21607502 at Vectorstock.com), P.123 Designed by tanyaru (Image #37839260 at Vectorstock.com), P.135 Designed by ladoga (Image #34579377 at Vectorstock.com), P.139 Designed by MicroOne (Image #23665491 at Vectorstock.com), P.142-143 Designed by Zaie (Image #33279720 at Vectorstock.com), P.148-149 Designed by vectorpoint (Image #36190286 at Vectorstock.com), P.151,153 Designed by maystra (Image #21372033 at Vectorstock.com), P.156-157 Designed by Naidzionysheva (Image #28785639 at Vectorstock.com), P.161 Designed by Verlen4418 (Image #3196782 at Vectorstock.com), P.163-167 Designed by GoodStudio (Image #39353180 at Vectorstock.com), P.171 Designed by Nadezhda (Image #45126184 at Vectorstock.com), P.175 Designed by natbasil (Imagc #38628010 at Vectorstock.com), P.179 Designed by pimonova (Image #1442374 at Vectorstock.com), P.183 Designed by Bezvershenko (Image #21664287 at Vectorstock.com), P.186-189 Designed by AlenaGridushko (Image #27131061 at Vectorstock.com), P.195 Designed by Nickolai (Image #40624215 at Vectorstock.com), P.200-201 Designed by vectorartjk (Image #41236330 at Vectorstock.com), P.205 Designed by ariadnaS (Image #6883390 at Vectorstock.com), P.209 Designed by Kudryashka (Image #77603 at Vectorstock.com), P.212-215 Designed by Razvodovska (Image #499592 at Vectorstock.com)

王迪詩創作室於2023年2月在香港出版

ISBN：978-988-74332-2-4

王迪詩作品
《一個人私奔》

e-book

旅遊散記　浪蕩心跡

- 酒店是漂泊的象徵。我喜歡漂泊，但不喜歡像乞丐那樣漂泊。住五星級酒店也可以是一種流浪，我 Daisy 稱那為「高級流浪」。

- 印度人的婚禮真有意思！不像香港，要新郎表演戴 bra 或「心口碎腰果」那麼白癡。

- 我最愛天寒地凍時在日本泡露天風呂。「那麼冷可不是活受罪？」Philip 問。當我說在寒風中浸露天溫泉「有一種凜冽與淒美」，他就開始打開餐牌點菜，然後喃喃說我「小說看得也太瘋了」。

- 義大利少年拉著我的手，在巴洛克建築前隨心而行。我在出其不意的時候，在他臉上輕輕吻了一下。我們相愛了七天。就只七天。

- 在尼泊爾的森林遇上黑熊，而我們七個人所有的「武器」就只有一根樹枝！

- 法國男人最公道。自己去滾，也原諒紅杏出牆的女人。不像其他民族的男人，只許州官放火，不許百姓點燈。

《Time Will Tell
——我這樣讀歷史》

e-book

歷史書也可以簡單易明，完全唔悶！

- 由瀕臨亡國到成為全球最幸福國家、少年大衛打倒巨人哥利亞現實版——芬蘭

- 為何納粹德軍僅花六星期就輕易吞併巴黎？

- 巴黎如何奇蹟地逃過被希魔焚城的浩劫？

- 洗腦使人自願為奴——為何會有人崇拜一舊屎？

- 變態獨裁者的婚姻和愛情——希特拉與墨索里尼

- 就是不認命——南韓近代史

- 從韓劇看歷史——假如沒有希特拉，二戰就能避免嗎？

- 興中會第一任會長，比孫中山更早投身革命，名字卻被刻意抹掉的香港人——楊衢雲

- 沖繩戰役期間，日軍下令沖繩居民大規模自殺，告訴島民美國人會強姦婦女，殺掉男人，得在美軍登陸前自殺，每戶發兩枚手榴彈，結果祖父殺死兒孫，丈夫殺死妻子……

- 古代中國篇：超級富豪的宿命——江南首富沈萬三；孫臏完美示範「君子報仇十年未晚」

- 緬甸篇：軍方領袖因迷信占星預言而穿著女人衫；因為9是總統的幸運數字而全國廢鈔，改發45元和90元鈔票；導致羅興亞人被屠殺，鼓動者是「緬甸拉登」？而「緬甸拉登」竟是我佛慈悲的僧人？

善待自己系列

《下半生，難道就這樣過嗎？》

人之所以會變得麻木，是為了保護自己。
起初，心是熱的，卻因此而吃虧了，受傷了，
於是漸漸將自己抽離，在周圍築起了一道牆。

e-book

《長大了才明白的二三事》

- 被討厭，也並非世界末日
- 世上沒有不用付出就能得到的幸福
- 衰到貼地，原來還有轉機
- 連粗口也不足以回應世界的荒謬
- 學會分辨誰值得你交心，誰不值得
- 別再那麼容易受騙，好嗎？

- 連你都不喜歡自己，別人如何喜歡你？
- 要學懂生活，而不是生存
- 不要勉強自己，即使對父母親人
- 放棄也是一種成熟
- 贏了，不需要告訴別人

《不怕別人眼光勇於做自己的十堂課》

做任何事都會有人欣賞，有人批評。

驚，就乜都唔好做。

Don't let other people define you.

善待自己系列

《活著 就有如果》

e-book
及實體簽名書

- 吃好每一頓飯，腳踏實地去做我該做的事
- 將自己放得太大是很難快樂的
- 我不想變成自己看不起的人
- 冷靜應對 戒掉情緒
- 有些人，疏遠更好
- 就算世界讓你失望，其實也沒什麼大不了

- 當善良會被懲罰，地球就只剩人渣
- 沒關係，還有下次⋯⋯你肯定？
- 對於工作，最理想的態度是認真而不沉重
- 日子難過，quality of life 卻在於我
- 凡事走過總留痕，刻在眼球琢於心

《我就是看不過眼》

- 只要有人，就有是非。只要有女上司，就有公公。
- 有些孩子的生日派對是成年人的一場公關 show。
- 咬緊牙關也是一種浪漫，在現實裏堅持做自己喜歡的事，it's so cool。
- 無求，就是上岸。有求，狗都要做。
- 失戀到底是什麼一回事？四個字講完——塞翁失馬。對於我的「前度」，我可以跟他們分手是我一生中最大的幸運，我希望他們會說「大家咁話」。愛情讓我學懂最大的教訓是不要站在今天去看你的一生。

28 歲女律師日記
王迪詩出道首部著作
《王迪詩@蘭開夏道》

e-book
及實體簽名書

「不管走到多遠，過了多久，
有一部分的我從來沒有變過。
我不會磨掉自己的棱角。我永遠是我。」

- 十個男人九個嫖，還有一個在動搖。
- 成功的人都有點無賴的特徵。看透了這一點，失敗者也就不會太過自卑。
- 所有好吃的東西都會致胖，正如所有英俊的男人都沒有本心。
- 二十多歲的女人處於「氣質真空期」，既已失去少女的天真，卻又未發展出三十歲後的韻味。

《我沒忘記 那年的你 ——蘭開夏道前傳》

二十幾歲，誰不嚮往漂泊？
生命充滿無限可能性，覺得自己永遠不會死。

這是一個發生在英國的故事。

我們三個女孩一起住在 South Kensington 一座白屋，過著輕狂的生活，用香檳做早餐，哼著 Beatles 的 Like Dreamers Do……直至懷孕少女蘇止歧躲進我們家中以逃避父親的「追捕」。

秘密被一層層揭開，原來背後隱藏著蘇止歧對父親的極端報復計畫！

我遇上 Philip。那張臉的輪廓，有種彷彿可以看見皮膚底下骨頭似的酷。我愈討厭這個自以為是的人，就愈渴望走近他。

茫茫人海，為何偏偏遇上你？

王迪詩 著

《蘭開夏道》前傳
王迪詩最動人小說作品

"那年，我在倫敦遇上他，沒料到這個身影在往後很多年裏，竟帶給我許多甜蜜和更多眼淚……"

職場系列
《王迪詩@辦公室》

在職場上，誰沒遇過一兩個人渣？

鞋，不能亂擦。必須擦得窩心，擦得到位，一句說進你的心坎裏，把你勁想講但又不好意思講的話，痛痛快快的說出來。

我有一個夢：指著老闆的鼻子大罵：「@$X★%！」然後把桌上的文件往天上一拋，拂袖離去……只要一次轟轟烈烈地炒老闆魷魚，都算不枉此生。但當我冷靜下來，又覺得可能會抱憾終生……

一個精明的老闆，一定會培植多於一個勢力，說得好聽是刺激雙方的良性競爭，說穿了是互相制衡。一方獨大，很容易威脅權力核心。

公司愛用「美人計」討好客人，好處是「零成本」。蝕底的是女職員，又不是公司。

王迪詩@
- **e-book**
- 絕版實體簽名書、
  親筆簽名紀念品

https://payhip.com/daisywong

• • ● • •

王迪詩@
獨家專欄 + 直播
www.patreon.com/daisywong

- 每星期直播推介好書、英美日韓劇、講歷史、哲學、音樂

- 會員可隨時重看昔日 100 多場直播

- 推介多間高質餐廳；各種生活分享；專欄文章

- Latte 會員全年獲贈大量免費電影門票，並可參加私人聚會